Klaus Momberg



# TransAtlantik

SEGELN TAG + NACHT

Reiseberichte von drei Atlantiküberquerungen

Momberg, Klaus:

# TransAtlantik
SEGELN TAG + NACHT

1999
ISBN 3-89811-537-2

| | |
|---|---|
| Herstellung: | Libri Books on Demand<br>Georg Lingenbrink<br>22761 Hamburg |
| Gestaltung: | Klaus Momberg |
| Lektorat: | Gerhard Thamm van Balen |
| Plan/Graphik: | Seite 35+105 (genehmigt) aus:<br>The Atlantik Crossing Guide |
| Fotos: | Klaus Teipel<br>Klaus Lachmund<br>Manfred Malsch<br>Klaus Momberg |

## Leben

Man muß oft etwas Tolles unternehmen, um nur wieder eine Zeitlang leben zu können.

*Johann Wolfgang von Goethe*

Wohlig warm liege ich nach einer langen, erholsamen Nacht in meiner Koje. Noch leicht benommen in der Aufwachphase, recke ich meine Glieder und sauge die durch das angekippte Luk hereinfächelnde frische Luft tief ein. Die ersten rötlichen Sonnenstrahlen künden einen heiteren, sonnigen Tag an. Der noch zarte Lärm eines aufwachenden Tages vom nahen Festland vermischt sich mit den durch seichtes Auf und Ab entstehenden Lutsch- und Schmatzgeräuschen des Rumpfes. Sanft und zufrieden dümpelt die Segelyacht in dem zum offenen Atlantik gut abgeschirmten Hafenbecken. Wo sind wir? Ach ja, Horta/Azoren. Drei Wochen offene See liegen hinter uns; Tag und Nacht, friedlich und rauh, begeistert, fasziniert, selten missgelaunt. Kontrastprogramm ohne Vorwahlmöglichkeit, deshalb immer spannend. Um nichts in der Welt würde ich jetzt mit der nobelsten Hotelherberge tauschen wollen. 05.00 Uhr morgens, Körper und Geist müssen sich wohl noch an die ungewohnt langen Schlafintervalle gewöhnen. Leise Stimmen, vorsichtige Schritte über mir unterbrechen meine Gemütsruhe. Ich eile an Deck.
Can we moore alongside, please? Yes of course.

Natürlich laden unsere Fender außenbords schon zum Längsseitsgehen ein. Behutsam werden Leinen und Spring durchgesetzt und belegt, die Fender ausgerichtet.

Noch zurückhaltend werden erste Kontakte geknüpft. Hi. How are you? Where do you come from. Es sind Norweger, so bunt gemischt in Alter und Geschlecht wie ihre Offshore-Kleidung. Wer hier anlegt, hat einen weiten Seeweg hinter sich. Informationen über Wind und Wetter, Yacht und Ausrüstung, Woher und Wohin werden ausgetauscht. Neue Bekanntschaften geschlossen. Bis zum Ablegen sieht man sich immer wieder: Beim Yachtausrüster, im Supermarkt, in Peters Sport Cafe, auf der Promenade, bei der Policia Maritima. Eine Situation, wie sie sich fast in allen Sportboothäfen der Welt abspielen kann und doch nicht austauschbar ist. Jedes Land hat seine Besonderheit, sein Kolorit. Jeder Hafen hat seine Zeit - und dann: Let`s go.

im Süden der Lüneburger Heide geboren und werde dort, sGw., immer wohnen. Ein bisschen weit ab vom Meer für eine eigene Hochseeyacht, finde ich. Als Otto-Normal-Bürger mit vierköpfiger Familie und Durchschnittseinkommen habe ich daran auch nie ernsthaft gedacht. Segeln interessierte mich schon immer. Meine ersten Segelschritte zum Kennenlernen endeten, als ich 25 Jahre alt war, im „Pirat“ an der Ostsee und auf Mallorca, mit meiner Mutter an der Fockschot, nass, aber begeistert. Jung verheiratet folgten regattareiche Jahre. Norddeutsche Küsten- und Binnengewässer habe ich im FD, anfangs noch mit meiner späteren Frau im Trapez, Contender, OK-Jolle und nach wie vor im Laser heimgesucht. Auch der Faszination Windsurfen bin ich bis heute erlegen und konnte sie auch an meine zwei Söhne weitergeben.

Irgendwo liegt noch die von Dr. Kurt Pochhammer (sz. Zt.Präsident des DSV) ausgestellte Urkunde für meinen sechsten Platz bei der Deutschen Meisterschaft 1981 im Windsurfen. Also, der coole Siegertyp bin ich nicht. Im ersten Drittel des Regattafeldes durchs Ziel zu kommen macht mich schon happy, ernstzunehmenden Wettbewerb mal unterstellt.

Als Jollensegler und Surfer beachtete ich bis zu meinem ersten einwöchigen, mehr zufälligen Hochseetörn auf der Ostsee das Fahrtensegeln kaum. Bis dahin kannte ich hauptsächlich die sportliche Komponente des Segelns. Geschicklichkeit, Kondition und Kraft sind auf einer Jolle gefragt. Den richtigen Segeltrimm, den Gewichtstrimm der Crew, das feinfühlige Steuern, die Ausbeute jeder Bö, jeder Winddrehung, wie es perfekt und schnell nur mit der kleinen Jolle gelingt. Je kleiner und ranker das Gerät, desto besser der Lerneffekt. Dass ich auch ein sicheres Gespür zur Wahrnehmung der Beziehung zwischen mir und den Elementen entwickelte, merkte ich erst später. Welle und Wind geben vor, wie das Rigg bestmöglich auf die jeweiligen unveränderbaren Bedingungen einzustellen ist. Und es geht vor allem um das Beherrschen der eigenen Person. Die an Land erlernten Fähigkeiten wie Radfahren und Autofahren helfen auf dem Wasser nicht. Es gibt keine feststehende Unterlage. Bremse und Gashebel sucht man vergeblich. Wind und Welle bestimmen das Verhalten des Bootes. Ist es gut getrimmt verhält es sich am Wind schon aus eigenem Antrieb richtig, das spürt man an der Pinne, lass es laufen und steuere behutsam, nicht mit Gewalt. Das Ziel ist mit dem Boot  und den Elemten in Einklang zu kommen. Und wer's mag, kann sich im Wettkampf vergleichen, wie es mir gelegentlich immer noch gefällt.

1986 folgte ich, es waren noch Plätze frei, einer Einladung der Hochsee-Segelsparte meines Vereins. Das bis dahin von mir als Jollensegler und Surfer unbeachtete Fahrtensegeln erkannte ich, in Dänischen Ostseegewässern dann, als ideale Möglichkeit segelnd die Welt kennenzulernen. Ok, die nötigen Scheine waren bald gemacht. Hellmut B. und glückliche Umstände verhalfen mir immer wieder zu Charter- und vor allem Überführungstörns in der recht knappen Freizeit eines nach Leistung und Erfolg bezahlten Marketing-Jobs. Ostsee-Nordsee-Mittelmeer-, mal durch den Kanal bis Lissabon und schon mal bis zu den Kanaren. Rund 10.000 sm Kielwasser lagen nach elf Jahren hinter mir. Drei Wochen auf See waren die absolute Ausnahme, acht oder vierzehn Tage pro Jahr die Regel. Doch unverhofft kommt oft, nach vierundvierzig Jahren rechtschaffener „Maloche" bot sich mir die, herzlich willkommene, Chance des Berufsausstiegs und Erlebnisseinstiegs. Nun plötzlich ohne Zeitlimit segeln zu können, das will realisiert sein. Drei Atlantiküberquerungen mit bis zu 10 Wochen Dauer und insgesamt 12.853 sm Blauwassererfahrung sind die bisherige Ausbeute.

Darüber berichte ich in diesem kleinen Buch. Eine Namensänderung habe ich vorsorglich bei allen Beteiligten vorgenommen, die ich zwecks ihrer ausdrücklichen Zustimmung nicht errei-

chen konnte. Die Handlungen jedoch sind der Wahrheit entsprechend, so wie ich sie erlebt habe, wiedergegeben.
Da es an lebendigen Ereignissen nicht mangelt blieb, das ansonsten beliebte, Seemannsgarn im Seesack.

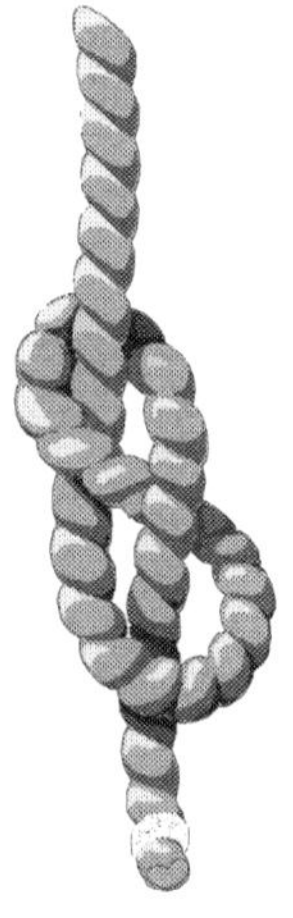

kennenzulernen faszinierte mich. Doch vor den Genuss haben die Götter den Schweiß gesetzt. Selbst der beste Jollensegler ist auf der Hochseeyacht ein Greenhorn. Sicher, die Technik des Segelns beherrscht er und hier lernt der bloße „Dickschiffsegler" noch reichlich von ihm. Doch was an Wissenstoff hinzukommen muss, ist beträchtlich: Navigation, Schifffahrtsrecht, Wetterkunde, Seemanschaft, um nur die Oberbegriffe zu nennen. Viel Lernstoff und viele Auflagen verbunden mit der Gefahr, dass die Echtheit, die Ursprünglichkeit des Segeln leidet. Der Motor der Segelyacht, eigentlich für Hafenmanöver oder den Notfall vorgesehen, wird zunehmend als Segelersatz und Garant für Termineinhaltung eingesetzt, ja schon mit eingeplant. Die „Segnungen" des technischen Fortschritts: elektronische Navigationsmittel, hydraulische Spanner, Rollanlagen für Groß und Fock, Generatoren, Watermaker, Autopiloten nehmen Einfluss auf die mentalen, physischen und emotionalen Anforderungen der Segler. Stehen aus diesem Grund viele Segler lustlos und verkrampft am Ruder? Übertragen das Steuern lieber dem Autopiloten? Ich habe Segler kennengelernt, die ein umfangreiches theoretisches Wissen mit sich herumtragen und auch gern und ungefragt darüber dozieren. Doch Segler in dem Sinn, dass sie mit sich und dem Boot im Einklang sind, waren es häufig

nicht. Sie segelten Ihre Doktrin, die ihre Sinne betäubt und sie um die Fähigkeit beraubt, zu sehen, zu fühlen und zu lernen. Am Ende haben sie von ihrem Törn nichts als ihre Prinzipien vorzuzeigen und das ist bedauernswert. Doch ich habe auch andere kennengelernt: Segler, die mit Leidenschaft dabei waren, beweglich im Denken und Handeln, frei von Vorurteilen und noch kritikfähig. Kein Segelmanöver war ihnen zuviel, immer ging es um den richtigen Trimm und das perfekte Manöver. Obwohl oder gerade weil es gar nicht in ihrer Absicht lag, waren es die besten Lehrmeister. Keine Kritiker, die mit Wissen beeindrucken wollen und ins Leere dozieren.
Sondern Könner, die sichtbar machen, wie es geht. Für sie war der Weg das Ziel. Bei Leichtwind oder Sturm, mit Spi oder Sturmfock, gegenan oder mit, der Spaß kam nicht zu kurz und ihre Kompetenz und Verlässlichkeit waren spürbar. Direkt vor Ort, nicht an der Theke.

Keine Frage, der technische Fortschritt hat das Segeln, zu Lasten der Ursprünglichkeit, verändert, angenehmer und sicherer gemacht. Im Zeitalter von GPS (Satellitennavigation) liegt der Sextant neben dem Baumwollsegel in der Mottenkiste. Aber die Unberechenbarkeit des Wetters bleibt. Mittelfristige Prognosen sind unsicher. Langfristige Vorhersagen sind reine Glücksache, sofern sie nicht aktualisiert werden.

Gerade haben sich Hurrikan Floyd und Mitch ausgetobt, und was bringt El Ninò? Auf dem Ozean gibt es kaum Möglichkeiten Unwettern auszuweichen.

Viele Menschen können dem Segeln nichts abgewinnen.

- Haben Sie es überhaupt ausprobiert, vielleicht haben Sie ja eine ganz falsche Vorstellung von dieser schönen Sportart?
- Die, die gesegelt sind, haben letztmöglich ein schlechtes Revier, Schietwetter, ein ungeeignetes Boot, einen entbehrlichen Skipper oder dergleichen mehr erwischt.

Wer mühsam auf festem Boden zunächst kriechen und gehen, später, mit schon mehr Spaß, radfahren erlernt hat, wer nun in Landfahrzeugen aller Art bequem reist - warum, um alles in der Welt, soll er sich auch noch auf schwankenden Planken bewegen und wohl fühlen?

- Mag sein, dass aus urteilsfähigem Mund auch „Wahrheiten" herüberschwappten wie:
- Segeln ist die teuerste Art unbequem zu reisen, oder:
- Segeln ist wie unter der kalten Dusche stehen und 100 DM/Euro-Scheine zerreißen.

Unbestritten gibt es Menschen, denen auf einer Schaukel schon vor Angst schlecht wird. Sie von dem Reiz des Mitsegelns überzeugen zu wollen, wäre nicht nur reine Zeitvergeudung, sondern auch ganz schön bösartig. Aber vielleicht lesen Sie ja gern einmal über diese „unmögliche“ Leidenschaft. Und überhaupt, gibt es nicht eher schon zu viele Yachten? Die voll belegten Marinas lassen es befürchten. Doch jeder Segler, der auch segelt, weiß, es gibt kaum Wasserflächen, selbst binnen - Ausnahme Baggerseen -, auf denen Platzangst aufkommt. Die angeblich am meisten befahrene Wasserstraße der Welt, der Englische Kanal: Ich bin häufiger hindurchgesegelt und musste oft das Fernglas zur Hand nehmen um Schiffe zu sehen. Die weltweit mit Sportbooten aller Art zugepflasterten Groß-Marinas entstammen zu einem gehörigen Teil der auf ihr Image bedachten, gut betuchten Klientel, die des Besitzes, nicht unbedingt ihrer Segelleidenschaft wegen eine Yacht vorhalten.

Diese Big-Marinas wirken das ganze Jahr über eher wie GFK-Friedhöfe und üben keine Anziehungskraft auf mich aus.

Zugegeben, auf vielen Törns gab es für mich zwischendurch immer mal die Frage: „Warum bin gerade ich jetzt hier?“ In der Regel war Schlechtwetter, Seekrankheit, Missstimmung in der Crew, zu langes Warten auf den Mechaniker oder auf das Ersatzteil oder gar eine lebensbedrohende Situation im Spiel. Aber je häufiger man gesegelt ist, desto sicherer weiß man, dass diese Situation vorübergeht und Hochstimmung Kraft unersetzlicher Erlebnisse für alles Vorangegangene entschädigt. Im Gegenteil, wie abwechslungslos war doch ein Törn, an dem alles normal ablief! Und da scheiden sich wieder die Geister. Der eine braucht den Kick, das Ungewohnte, das ihm auch Hundearbeit abverlangt. Worauf der andere gern verzichtet, ja, was er sogar als unzumutbar empfindet. Frei nach der Deviese meines Großvaters: Wat dem eenen sin Uhl, is dem annern sin Nachtigall.

wird eher als Individualist eingestuft. Ist er überhaupt in der Lage in Gemeinschaft mit seinesgleichen auf engem Raum auszukommen und dabei noch Spaß zu haben? Im Prinzip ja, nötig ist es allemal, denn Hochseesegeln ist Mannschaftssport (sorry singlehanded). Wer sich im Team nicht einfügt, erfährt schnell, dass dies nicht zu seinem Vorteil gereicht. Leider geht es auch zu Lasten der übrigen. Ok, die Ansammlung Mensch scheint häufig das größte Problem an Bord. Es ist wie im richtigen Leben, nur eben belastender, weil auf dem Meer keiner mal vor die Tür, in die nächste Kneipe oder überhaupt gehen kann. Entweder man rauft sich zusammen, nimmt sich zurück, nimmt Rücksicht aufeinander oder das ganze Unternehmen muss mit der bitteren Erkenntnis „Irren ist menschlich" etikettiert und ad akta gelegt werden. Glück haben oder Pech in der Crewzusammenstellung ist hierbei kaum eine Frage der Erfahrung. Egal, ob es sich um Bekannte oder völlig unbekannte Menschen handelt, erst nach einem längeren Törn, in dem möglichst alle Wettersituationen durchsegelt wurden, zeigt sich das wahre „Törngesicht" eines jeden Menschen. Meine häufigsten und längsten Törns waren Yachtüberführungen mit immer wieder anderen Crews.

Ich fand es interessant und lehrreich mit vorab fremden Menschen zusammen zu sein. Es war jedesmal eine gute Möglichkeit andere und sich selbst besser kennenzulernen und besser einzuschätzen. Je bunter die Crew zusammengewürfelt war, quer durch Deutschland oder auch international, um so mehr Spaß hat es gebracht. Das gemeinsame Erleben verbindet und stärkt die Zusammengehörigkeit. Wesentlich kann auch der Skipper, gerade er, zu guter Stimmung beitragen. Nimmt er sich zurück, überträgt Aufgaben mit Verantwortung auf die Crew und greift nur ein, wenn es wirklich die Sicherheit von Schiff und Crew betrifft, unter vier Augen versteht sich, ist dies ein sicheres Zeichen seiner psychischen Eignung und Souveränität. Diesem Skipper werden auch mal strittige Entscheidungen oder unbedeutende Ereignisse, die in angespannten Situationen schnell übel genommen werden, großzügig von der Crew verziehen. Wer macht keine Fehler? Nur an der Clubtheke ist jeder unfehlbar. Auch das Wetter, natürlich, hat wesentlichen Einfluss auf die Befindlichkeiten der Crew untereinander. Ist es hart, entsteht weniger Aggression, klar, es gilt ja den Kampf da draußen zu meistern. Nach der Devise: Hat der Skipper Gischt am Hut, war der Törn vermutlich gut.

So verschiedenartig wie Wind und Wetter ist auch der Segler, denn es ist ein Mensch wie du und ich. Den „echten" siehst du, wenn er gerade den Hafen verlässt, weil es draußen kachelt. Mutig, einig mit den Kräften von Wind und Welle, findet er  Vergnügen und Bestätigung, während die anderen im Club vollmundig von den Wagnissen und Gefahren der Seefahrt reden.

Auch das größte Abenteuer beginnt mit dem ersten Schritt, und sei er noch so klein. Ein schöner Spruch. Doch wieviele wagen den ersten Schritt? Und wieviele erste Schritte warten noch auf den zweiten? Wieviel Menschen hängen ihrem Traum nach, weil sie insgeheim dessen Unerfüllbarkeit voraussetzen? Ist er plötzlich machbar, kneifen sie. Zugegeben, eine Atlantiküberquerung im Segelboot, da steckt eine ganze Menge Abenteuerlust drin. Strapazen und Entbehrungen, schlimme Erfahrungen sind nicht auszuschließen. Zum Glück aber lähmen mich keine vermeintlichen Gefahren. Ich muss nicht nur darüber nachsinnen, was eintreten könnte, wenn ..., und versuchen es zu verhindern bevor es überhaupt passiert. Ich schaue lieber der Wirklichkeit ins Auge und erweitere mein Blickfeld, ehe ich mich von unsicheren Phantasievorstellungen um erfahrenswerte Erlebnisse bringen lasse; ehe ich vielleicht der Vereinnahmung der elektronischen Wundermaschinen unserer Zeit mit ihren phantastischen Möglichkeiten total erliege, ehe mir die Medienmacher ihre verkaufsorientierte Wirklichkeit völlig überstülpen. Ehe ich an Land bleibe, blockiert von der Furcht, es könnte etwas passieren, gehe ich doch lieber an Bord und segele mit dem Wind hinaus in die Welt. Ist die Bezeichnung Traum zutreffend?

Für mich hatte der Atlantik zunächst den Reiz des Erstmaligen. Ich war sehr gespannt darauf, inwieweit meine Phantasie, meine Unwirklichkeit der Wirklichkeit entspricht. Die Erlebnisvielfalt einer Ozeanpassage ist so mächtig wie seine Ausdehnung. Auch nach der dritten Atlantiküberquerung ist der Reiz des Ungewöhnlichen des nicht Alltäglichen nicht vorüber. Er hat den Atlantik bezwungen, schrieb die hiesige Tageszeitung. Doch einen Ozean kann man nicht bezwingen, so wie sich selbst, einen Gegner oder Konkurenten. Dem Ozean kann man sich nur gelehrig anvertrauen, wachsam seine Kräfte erkennen und nutzen und mit Begeisterung über die Wellen dahingleiten. So wie die Bugwelle das Reisen, das Vorankommen veranschaulicht, symbolisiert das Kielwasser die Vergänglichkeit menschlichen Tuns. Reisen um den eigenen Horizont zu erweitern, ohne Spuren zu hinterlassen. Sollte es zufällig dein Traum sein, den Atlantik zu übersegeln? Die Entscheidung wird dir keiner abnehmen. Hier kannst du lesen, wie ich es erlebt habe. Doch erleben ist eine Sache, darüber schreiben oder es lesen eine andere, alles andere wäre ja auch eine Gemeinheit.

verliefen problemlos, was den Zusammenhalt und die gegenseitige Rücksichtnahme der Crew anlangt. Überführungen und Eignertörns mit großen Segelyachten, nonstop (segeln Tag und Nacht) über lange Distanzen werden heute häufig mit kleiner Crew bewältigt (3-5 Segler/innen). Bei kleiner Crew, wenn jeder in seiner „Einmannwache" alle Aufgaben verantwortlich erledigt (all in one) und damit dem Rest der Crew jeweils genug Zeit zum Entspannen, Nichtstun oder Ausschlafen verschafft, gibt es weniger Anlass für Streitereien. Ausgeschlafen ist nicht nur der Sonnenaufgang schöner! Auch das hautnahe Erleben dieser mächtigen und vielfältigen Landschaft Ozean greift Raum. Die Crew spricht nicht darüber, doch die Ehrfurcht vor den Elementen, so wie man die See hier in ihrer Schönheit oder auch Unwirtlichkeit, weitab vom Land, erlebt, ist spürbar.

Weit verbreitet scheint die Annahme unter den Menschen, alles beherrschen zu können. Der Mensch glaubt, die Welt gehöre ihm, unterstehe seiner Vormundschaft und Kontrolle. Weit draußen auf dem Meer ist Gelegenheit diese Anmaßung als solche zu erkennen und zu korrigieren.

Keine Kreatur der Erde hat Besitzanspruch. Unsere Chance können wir nur wahren, indem wir verantwortungsbewusst mit der Natur umgehen und uns einfügen.

Doch da treibt sie schon auf uns zu, die achtlos über Bord geworfene Plastikflasche. Seit Tagen keine Schiffsbegegnung und hier, mitten auf dem Ozean, immer wieder treibende Gegenstände, sogenannter Zivilisationsmüll. Das ist der sichtbare Teil der Umweltverschutzung, der unsichtbare beträgt ein Vielfaches. Zorn kommt auf und Verdruss über die Spezies Mensch.

Ist es Dummheit, Achtlosigkeit, Faulheit, Ignoranz? Sicher ist es alles zusammen und Profitgier noch dazu. Doch der Mensch ist Teil der Natur, was er ihr antut, tut er sich an. Die Natur wird sich rächen. Der Mensch wird dafür bezahlen, mit Geld, mit Lebensqualität, mit Gesundheit, unter Umständen auch mit dem Leben. Alle werden zahlen. Dass die Verursacher am besten dabei wegkommen, weil sie größere Mittel haben sich zu schützen, ist ein zusätzliches Unrecht.

# Atlantik und mehr,....

# 5690 sm an einem Stück.

## *Das interessierte mich*

Eine Yachtüberführung von Westindien nach Europa ohne Zeitdruck.

Dagegen stand: Schiff, Eigner und die Crew waren mir unbekannt und Informationen darüber nur spärlich und nur telefonisch zu kriegen. Der Eigner hat die 45 Fuß Yacht selbst entworfen und in Polen gebaut. Keiner aus der Crew hatte den Atlantik auf der anspruchsvolleren Westost-Route je überquert. Mir unbekannt war auch der südliche Teil des Fahrgebietes: Karibik und Atlantik. Die Biscaja, den Kanal und die Nordsee sowie den Atlantik bis zu den Canaren habe ich schon befahren. Hin und her, auch die aus Sicherheitsbedenken getroffene Absage eines weiteren Interessenten konnte mich nicht bremsen.

## *Ausgangshafen*

Am 5. April war ich in Pointe-a-Pitre/Guadeloupe, 16°13.25`N 061°31.78`W.

Das Schiff, die „Salto", und Crew finden, zunächst flüchtig kennenlernen, Proviant kaufen und bunkern, alles, ob tropischem Klima, in schweißnassem Zustand. Nun, noch ein paar Mal baden, die eine und andere Beach besuchen, mit einem Daiquiri die Deutsche Hektik ablegen... und ablegen.

Halt, vorher noch ein Telefonat zur Familie. Wie das? Der schwarze Postbeamte in der Einmannpost der Marina spricht deutsch und dies mit sichtlichem Stolz gerade, wenn noch Einheimische zugegen sind. Woher? Auf der Schule gelernt, noch nie in Deutschland gewesen.

## *Der erste Anlauf mißlingt*

Nach 3 1/2 Tagen und 430 sm waren wir wieder in der Karibik, nun allerdings im nördlicheren Saint-Martin, um dort die zum Maschinenausfall führenden Seewasseranteile aus dem Diesel zu filtern*1). Ein kleines Loch im Tankdeckel, verursacht durch das Schließen des Deckels mit Schraubenzieher und Hammer, hatte dieses Zurück und das Kennenlernen einer weiteren Antilleninsel mit kräftigen Farben und exotischen Düften verursacht. Die Alternative: Zu den Bermudas (600 sm) weiterzusegeln mit der Gefahr, in einer Calmzone zu „verhungern", wird verworfen.

21 Tage auf dem Atlantik mit nur 6 Schiffsbegegnungen (keinen Segler), die jeweils für Wetterinformationen genutzt werden, dafür aber mit fliegenden Fischen, Delphinfamilien, die uns Tag und Nacht begleiten, großen Wasserschildkröten, Schmetterlingen, Schwalben und Tauben, die sich erschöpft ein paar Tage an Bord verwöhnen lassen, Wale, die auch in unmittelbarer Nähe der Yacht unbeeindruckt und majestätisch ihres Weges ziehen und vor dem stimmungsvollen Himmel Wasserfontänen in die Luft blasen. Haie, die nur mal kurz ihre Rückenflosse zeigen und daran erinnern, dass das letzte Bad im Atlantik vielleicht doch zu bedenkenlos genossen wurde. Blaues Wasser mehrere tausend Meter tief, sternklarer Himmel oder phantasieanregende Wolkenbilder. Zunächst mit nach Norden strömendem Passatwind, in höheren Breiten auch mit Nord- und Westwinden bis zu 35 kn.

Spisegeln und brotbacken, Goldmakrelen angeln, zubereiten und genießen. Als uns das Anglerglück für ein paar Tage verlässt, hängt auch schon mal eine Sardinendose am Haken und sorgt für ein gequältes Lächeln des Anglers beim Einholen.

Tag und Nachtwachen im Einmannsystem und 3 bzw. 2,5 Std. Rhythmus, mit viel Frei - und Schlafzeit, haben sich gut bewährt. Immer gute Stimmung und nie Langeweile bei allen fünf Crewmitgliedern. Nachts wird ausnahmslos mit Lifebelt und Rudergehen gewacht, um munter zu bleiben. Tagsüber erleichtert der „Auto" die Wache vor allem bei achterlichen Winden (außer Spi). Ansonsten hilft auch „Jeams 2" , bei Kursen am Wind energiesparend und zuverlässig allen Winddrehungen folgend.

Jeams 2 ist nichts als ein gerade greifbares Ende, mit dem das Steuer auf der nächsten Winsch oder Klemme belegt wird, konstante Luvgierigkeit ist Voraussetzung.

Kleidung, Faserpelz + Gummistiefel, passt. Es ist warm, doch der Wind kühlt auf der Haut und wenn, wie heute abend, noch ein Gewitter mit heftigen Regengüssen durchzieht, sind nachts durchaus auch Handschuhe am Platze. Wir laufen voll und bei, mit Vollzeug und machen mit 8 kn. Fahrt Strecke gut. Der Steven frisst sich durch die nächste Welle, die wütend nun, mit halbierter Macht, über das Vorschiff brodelt. Immer und immer wieder. Echtes Hochseesegeln. Am Ruder kommt Transrapid-Feeling auf. Doch im Schiff schlägt die Stimmung um. Die vorderen Luken sind undicht. Auch die Kabeldurchführung zum Ankerkasten ist nicht dicht zu kriegen. Folge: Seewasser schwappt durch die Längsschaps im Vorpiek und durchfeuchtet tropfenweise auf dem Weg nach unten: Decken, Polster, Seesäcke etc., bevor es sich am Boden mit der trüben Bilgenbrühe vereint. Meine Güte, 20 kg max. zugelassenes Gepäck in der Airline sind, bezogen auf 10 Wochen, nicht die Welt – und nun das! Die Vorschiffskabine wird als unbewohnbar erklärt. Die Mannschaft rückt zusammen. Doch auch die kunstvoll angebrachten Ableitungen aus Tape + Klarsichtfolie, unterhalb der Dachluken, verrichten ihre Aufgabe nicht fehlerlos. Das Salzwasser soll durch diese Hilfskonstruktion außerhalb der Matratzen auf die Bodenbretter zur Weiterleitung an die Bilge tropfen, doch so mancher Tropfen geht wegen der wilden Schaukelei doch in die Koje. Handtücher werden als Tropfenfänger ausgelegt, sie sollen das Schlimmste verhindern. Das Schlimmste wäre ein nasser Schlafsack in einer feuchten Koje und damit keine Chance mehr den Körper wohltemperiert zu halten. Es kostet Überwindung aus dem warmen Faserpelz in den klammen Schlafanzug zu steigen. Doch wer hier schlampt, bringt unweigerlich Salz mit in die Koje und hat damit jede Chance auf Trocknung derselben verspielt. Die Schaukelei, nicht nur in der Koje, hat auch ihr Gutes: Der Körper ist, selbst im Schlaf, immer in Bewegung ich bin nie mit kalten Füßen oder Kreuzschmerzen aufgewacht. Überflüssige Funde werden, trotz hervorragender Küche, abbewegt. 15 Minuten vor Wachwechsel piept die Armbanduhr, die neben meinem linken Ohr über dem Wandstrahler hängt. Nur dort, nicht am Arm, hat der Weckton eine Chance gegen den Lärm meinen Hörsinn zu erreichen, seinen Auftrag zu erfüllen. Komisch, auf See träume ich immer vom Landleben, häufig spielen Personen aus meiner Jugendzeit, wenn auch bunt gemischt, die Hauptrolle. Bin ich wieder an Land, ist es meist umgekehrt. Dann träume ich von der See und der Seefahrt, hier allerdings auch in Tagträumen. Zunächst, bevor ich noch den Wecker ausschalte und aufwache: Wo bin ich? , Ach ja, irgendwo auf dem Atlantik. Aber jetzt ist keine Zeit mehr zum Träumen, im Gegenteil. Bis ich die Wache ablösen kann, ist viel zu tun und vor allem die Reihenfolge korrekt einzuhalten. Zunächst die Toilette, eigentlich nur drei Schritte, aber das Rollen des Schiffes verlangt affenartige Geschicklichkeit, sonst drohen als geringste Blessur blaue Flecken. Ist man auf derselben, heißt es klammern, verkeilen und sich mit der Tatsache abfinden, dass der Mensch mit nur zwei Händen hier einfach überfordert ist. Recht hat er, der Bart des Seemannes, allein schon aus praktischen Gründen. Der Vollbart ist natürlich, die Rasur unnatürlich, spätestens jetzt wird deutlich, wie absonderlich die sog. Zivilisation uns verkehrt. Aus der Geräuschkulisse um mich herum kann ich inzwischen Rückschlüsse auf das derzeitige Wetter und die nun passende Kleidung ziehen. Unterwäsche, Mittelwäsche, Außenhülle, 3-Schicht-Stoff-Technologie, Microfaser, Feuchtewegfuhr, Atmungsaktivität, Membrane hier, Hosenschlitz da. Der erfahrene Segler wählt klug aus. Nein ehrlich, nach dem ersten ungemütlichen Schlupf in die klamme Unterschicht sorgt die Körperwärme mit der Hochtechnologiekleidung für Wohlempfinden auch bei extremem Wetter. Nur die richtige Reihenfolge und nichts vergessen ist wichtig, sonst droht Nacharbeit und damit Zeitverlust. Nun noch der Lifebelt, ein Blick auf die Instrumente, ein weiterer ins Logbuch, ist der Eintrag schon erfolgt? Oder steht die Einmann-Vorwache noch am Ruder, weil der Autopilot wieder streikt? Wartet der frisch aufgebrühte Tee schon auf mich oder kann ich damit noch die Vorwache erfreuen? Tief einatmend steige ich in die Plicht. Prompt verwandelt sich die Geräuschkulisse. Was unter Deck noch bedrohlich klingt, wandelt sich über Deck in Geschwindigkeitsrausch. Schönes Arbeiten hier, doch am Wachende ist der Wechsel in die Freiwache genauso willkommen.

Ein sehr ortsfestes Hoch im Bereich der Kapverden verleitet uns, entgegen der in der Literatur empfohlenen Route, die erst ab Höhe Bermudas langsam nach Osten schwenkt, einen eher loxodromen Kurs zu steuern, und wir haben Glück, der Wind verlässt uns nicht. Stärken zwischen 12 und 35 kn. aus unterschiedlichen Richtungen, zum Schluss auch aus Ost, sind die Regel. Nach 20 Tagen und 2400 sm sorgt das Feuer „Vale Formoso" auf der Westspitze von Faial (Azoren) auf meiner Mitternacht-Wache für erleichtertes Hinschauen.

Am 1.Mai laufen wir, Bordzeit 06.45 Uhr, in Horta ein. Die Azoren, und hier speziell Horta, sind Orientierungspunkt aller Segler, die über den Nordatlantik gehen. Bei englischsprachigen Seglern ist Horta besonders beliebt, seit Joshua Slocum vor gut 100 Jahren hier angelegt und die Gastfreundschaft der Portugiesen beschrieben hat.

Es wird Zeit, die Uhren drei Stunden vorzustellen (auf dem Atlantik hatten wir schon mal um eine Stunde vorkorrigiert). Nun funktioniert auch erstmals das D-Netz, um die Familie zu „entsorgen". Und dann erstmal in Peters Café Sport zum besten Gin Tonic zwischen Europa und Amerika. Nicht allein die Boote aus aller Welt prägen den Hafen (Heuer sind es, dem Ruf der Expo Lissabon folgend, besonders viele und große), sondern zusätzlich die Bilder, die jede Crew an die Hafenmauer und auf die Pier malt. Wer sich dort nicht verewigt, läuft Gefahr, dass der Yacht bei der Weiterfahrt ein Unglück widerfährt, so der Aberglaube. Und Segler sind abergläubisch. Nun, auch die Crew der „Salto" hat hier ihr Symbol und ihre Signatur aufgemalt, für jedermann lesbar, bis das Wetter die Farben verwäscht.

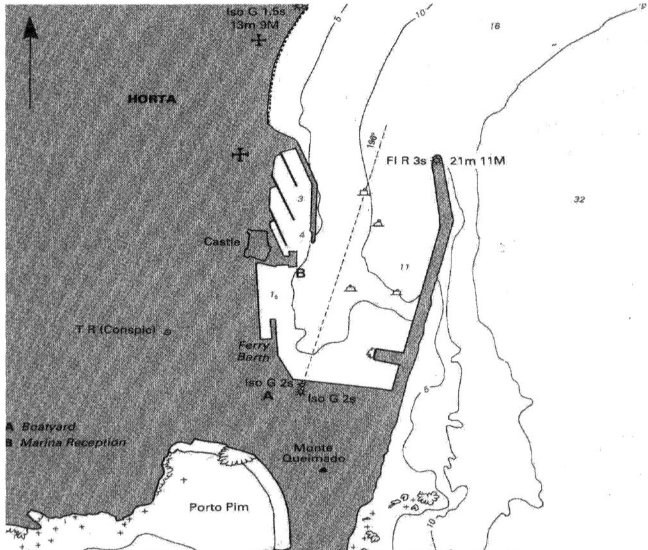


## *Dinner an Bord der „Beluga“*

Die deutsche Beluga Crew lädt uns zum Dinner an Bord ein, der Thunfisch ist very delicious, er stammt noch von dem Fischer, der die Beluga (ein Trimaran auch aus der Karibik kommend, mit Ziel Mallorca) nach nicht reparablem Motorschaden und mit defektem Rigg zwei Tage auf dem Atlantik treibend, auf den Haken genommen und acht Stunden nach Horta geschleppt hat und dafür nun 20 000 US$ fordert. Ein Fall für die Rechtsanwälte. Wie froh bin ich nun, dass ich diesen Törn, der mir kurz vor meiner Abreise angeboten wurde, nicht annehmen konnte, weil ich schon der „Salto“ verpflichtet war.

## *Weiter nach Lissabon*

Nach Mountainbike-Tour mit abgebrochener Pedale und bissigen Hunden in herrlicher Flora (endlich wieder grün) und Fauna, nach Bootsinstandsetzungsarbeiten und Proviantaufnahme legen wir am 4. Mai mit Vier-Mann-Crew ab, Richtung Ost nach Lissabon. Ralph, ein Crewmitglied aus Westfalen, ehemals U-Boot-Leutnant der Bundesmarine, ist wie geplant von Faial nach Deutschland zurückgeflogen. Die vor den Azoren befürchteten Calmzonen erleben wir hier, aber nur eineinhalb Tage müssen wir den V 8, Peninsular Diesel (210 PS, aber ständig wartungs- und reparaturbedürftig) zur Hilfe nehmen.

## *Es war nur die Ruhe vor dem Sturm*

wie sich später herausstellte. Bevor der Wind abrupt um 180° dreht, muss er gezwungenermaßen eine Ruhepause einlegen. Die neue Windrichtung ist WNW, also ideal bei einem Kurs von 90°. Raumschots rauschen wir Richtung Lissabon. Die Segelfläche wird sukzessiv verkleinert. Das dritte Reff ist eingebunden und die Rollgenua auf 20 % reduziert, als klar wird, dass sie doch besser durch eine Sturmfock ersetzt worden wäre.

Das ist die Gefahr bei achterlichen Winden; die tatsächliche Windstärke wird unterschätzt, weil dich der scheinbare Wind einlullt.

Eigentlich einzig zu Verdrängerfahrt in der Lage, kommt die 25-Tonnen-Yacht, wenn sie downhill die 15 m hohe Atlantikwellen abreitet, für einige Sekunden ins Surfen, bevor die Welle von achtern durchläuft und das Schiff wieder in Verdrängerfahrt überwechselt. Weißwasser breitet sich aus, es schäumt und brodelt. Der Geschwindigkeitsrausch, getragen auch durch die große digitale Speedanzeige, benebelt deine Sinne. Du schreist deine Begeisterung in den Sturm, wohl wissend, daß die Lärmkulisse dein Brüllen chancenlos überstimmt. Es wird klar, dass die Vorhersage mit Sturm bis 45 kn. untertrieben hat. 10, 11, 12 kn. Speed. Die Rumpfgeschwindigkeit ist längst erreicht. Das durchsichtige Steckschott sichert den Niedergang und ermöglicht dem Rudergänger Verständigung ins Schiff durch Zeichensprache. Der Mann am Ruder muss sich voll konzentrieren und gefühlvolle Knochenarbeit leisten. Allein schon des enormen Kraftaufwandes wegen ist der Autopilot jetzt überfordert. Keiner von uns würde sich

in dieser Situation einer anfälligen Technik anvertrauen. Es gilt, den Zeitpunkt, Zehntelsekunden, bevor Wind, Welle und Schräglage vehemente Luvtendenz auslösen, zu erspüren und gegenzusteuern. Oft genug ist das Steuerrad am Anschlag und gebannt wartest du darauf, dass das Schiff reagiert, auf Kurs bleibt, den gefürchteten Sonnenschuss verhindert. Reagiert es dann, musst du das Rad freigeben. Ungehemmt wirbelt es durch den gelockerten Griff zurück, bis du bei Neutralstellung wieder zupackst, zur Verhinderung einer Gegentendenz. Eine Winzigkeit zu spät reagiert - und das Groß kommt back. Wenn der Bulle dann nicht hält, fegt der Großbaum wie ein gewaltiger Prügel auf die andere Seite, Stagen, Wanten und damit das ganze Rigg sind in Gefahr herunterzubrechen, Köpfe einschließlich. Dieses Spiel wiederholt sich ohne Pause, nur mit wechselnder Stärke. Der Wachwechsel ist nach zwei bis drei Stunden herzlich willkommen, doch nicht ganz unproblematisch. Der alte Rudergänger hält noch einhändig das Rad und gleicht die Rollbewegung des Schiffes aus. Mit der zweiten Hand löst er den Karabinerhaken des Sicherheitsgurtes an der Steuersäule um dann vom Ruderstand in Lee am Steuer vorbei ins Cockpit zu kraxeln. Die Ablösung zwängt sich währenddessen in Luv um das Steuer, klingt den Lifebelt ein und übernimmt das Rad. Kurzzeitig fehlt dem neuen Rudergast noch das erforderliche Feingefühl für den unregelmäßigen

Takt, den das rollende Schiff beschreibt. Bevor Muskeln und Sinne die noch ungewohnte Anforderung meistern heisst es wahrschau, für den Augenblick von Unsicherheit, der Folgen haben kann.

Wir sind zu viert, doch einer mag nicht mehr ans Ruder, er übernimmt freiwillig die Backschaft, versorgt uns mit Eintopf und heißen Getränken. Später will es ihm peinlich sein, doch dazu besteht kein Anlass. Wie verantwortungslos wäre ein Rudergänger, der seine Unsicherheit verschweigt und damit Schiff und Crew in Gefahr bringt? Überdies sind standfeste Fähigkeiten vonnöten, wenn bei Sturm Schmackhaftes entstehen soll. Um unter Deck aufrecht zu bleiben und zweihändig arbeiten zu können schnallt sich der Smutje einfach am Herd fest. In dem nach außen gut abgeschotteten Mief entsteht nicht nur beim Zwiebelschälen das Bedürfnis nach Frischluft. Nein, bei Sturm ist der Job als Smutje nicht begehrt.

Der Windmesser zeigt über 50 Knoten; wir verdrängen, dass seine Anzeige bei Vergleichsmessungen tiefstapelte. 1,5 $m^2$ übrig gebliebene Genua zerrt an der steif gespannten Schot. Stramm wie nie ist sie eingerollt, die Holeleine verbraucht, weiter lässt sie sich nicht bergen, wir müssen damit leben, denn runterholen ist in dieser Situation unmöglich. Mir fällt der Spruch eines Regattaseglers ein: Bei Sturm musst du die richtigen Segel hochziehen - herunter kommen sie im Zweifel von ganz allein. Doch wir haben nur eine Genua und die brauchen wir noch für gut 2000 Meilen. Der Wind hat sich Schritt für Schritt zum Sturm mit orkanartigen Böen verschärft. Tagsüber ist die Begeisterung ungebrochen. Du siehst, wenn die heranrollenden Wellenberge und Böenwalzen einfallen. Zur Verhinderung von Luvtendenz fällst du punktgenau ab und registrierst, durch leichtes Vibrieren des Schiffes unterstrichen, Topspeed. Anlufen, surfen, abfallen damit sich die Yacht nicht in das vor dir entstehende Wellental bohrt. Es ist jetzt wahrlich kein Mangel an Schlaglöchern.

Doch für die Nacht reißen wir den letzten Rest Groß herunter und zurren ihn fest. Das Gespür kann die bei Dunkelheit ausfallende Sicht nicht ersetzen. Deswegen schafft der Mond, wenn hin und wieder die Wolkendecke aufreißt, Entspannung. Auch mit 1,5 m² Rest-Genua laufen wir noch 7 ½ kn. Nicht auszudenken, wenn wir gegenan müssten. Ab und an regnet es, doch reichlich Gischt überwiegt - dem Salzgeschmack nach, so genau lässt sich das nicht unterscheiden. Wie aus Wasserwerfern prasseln die durch den Sturm beschleunigten Wasserfluten in unregelmäßigen Intervallen über Schiff und Rudergänger herein. Praxistest für Ölzeug. Mein 10 Jahre alter Goretex-Anzug versagt kläglich, doch die Temperatur ist dank der Vliesunterwäsche und der unvermeidbaren Körperertüchtigung noch nicht auf dem Nullpunkt.

Bei diesen Verhältnissen reduziert sich das Bordleben auf das Notwendige; Wachen, Essen, Schlafen, das Schiff dem Ziel näherbringen, alles andere ist zweitrangig. Schlafen geht vor Essen. Will sagen: Keiner wird wegen des Essens aus dem Schlaf gerissen.

Eine warme Koje, trockene Handschuhe, ein heißer Tee haben höchste Bedeutung. Die sonst wortreiche Verständigung wird zunehmend durch Gesten ersetzt. Je länger der Sturm anhält, desto besser können wir mit ihm und unserem Schiff umgehen. Dieses Yarterschiff ist optisch beträchtlich heruntergekommen, doch die Stabilität ist OK. Auch das Wissen, dass diese Yacht, mit ihrer Crew vor Jahresfrist in der Biskaya eine 180°-Kenterung schadlos überstand beruhigt. Die Logbucheintragung erwähnt, dass damals der geschlossene Hauptgashahn wesentlich zum glücklichen Törnausgang beitrug. Der wird auch bei uns gewissenhaft bedient. Als unser Sturm nach zwei Tagen und Nächten schwächer wird, haben wir absolut nichts dagegen. Die Sonne gewinnt Oberhand, Luken auf, Matratzen und Klamotten zum Trocknen raus. Dieser Härtetest ist überstanden. Jetzt ist Wundenlecken angesagt. Beim Sonnenbad wundern wir uns über die Zunahme der vielen blauen Flecken. So hatten wir uns den Atlantik vorgestellt, doch wir ahnen, dass es auch noch gehörig härter kommen kann.

Am 12. Mai legen wir um 21.00 Uhr im Tejo in Lissabon am Doca de Santo Amaro neben der Hängebrücke an. 38°41.95`N 009°10.66`W. Der Atlantik ist genommen, 3400 sm, das wird im nächsten Restaurante gebührlich gefeiert. Die Rechnung kommt, oh, es war wohl ein Luxusrestaurante. Fünf Hafentage werden für Bootsinstandsetzungen, zum Wäschewaschen, zum Kennenlernen von Land (einschließlich Expo, noch Baugelände) und Leuten und in kleinen einfachen Lokalen zum Genuß vielfältiger Land - und Meeresfrüchte genutzt. Ein preiswerter Leihwagen (DM 40, -/Tg., km incl.) vergrößert den Horizont. Jimmy, der auf die Yacht bestellte Motorenspezialist, meint: „The engine is broken“, aber wenn fleißig nach dem Ölstand gesehen werde, hätten wir noch eine Chance bis Allemagne - und wir wollen doch segeln. Antonio, Italiener und Weltbürger (Skipper auf der „Salto“ im Chartergeschäft in der Karibik) verlässt planmäßig das Schiff und fliegt nach Berlin. Karsten (ursprünglich Ossi, hat seit der Wende schon 45 Länder bereist!) aus Hamburg, kommt an Bord und bleibt bis Brest . Am 18. Mai verlassen wir Lissabon und segeln an der Atlantikküste Portugals hoch, zuerst nach Leixòes, die Marina von Porto. Eine herrliche Stadt. Wir laufen uns die Füße platt!

Am 21.Mai wollen wir morgens um 05.30 Uhr auslaufen. Der Motor springt mal wieder nicht an, wieder Glühkerzen reinigen, die einzelnen Zylinder durch Kompression ausblasen und so von Wasserresten befreien, wir legen uns wieder hin (Batterie laden braucht Zeit). Um 12.00 Uhr legen wir ab, diesmal springt der Jockel an (Empfehlung des Eigners über Telefon: Maschine alle vier Stunden kurz warmlaufen lassen), das nächste Ziel ist La Coruna. Unterwegs beim geplanten Warmlaufen müssen wir feststellen, dass der Anlasser seinen Dienst versagt. Der Wind ist gut, wir könnten gleich über die Biscaja, aber ohne frisches Obst und Gemüse? Wein und Bier gehen auch zur Neige. Nein, auf nach La Coruna (Spanien) und anlegen unter Segel! Um 24.00 Uhr am 23.05. grüßt der beleuchtete Torre de Hercules. Wir ankern direkt vor den Stegen der Marina, was sich im nachhinein als Glücksfall herausstellt. Ankerlieger zahlen kein Hafengeld und mit unserem flotten Beiboot fahren wir bis in die Stadt für allerlei Besorgungen. Das Backbord-Unterwant ist angebrochen, und die elektrische Ankerwinsch muss auch repariert werden. Manjana, La Coruna ist des bleibens wert. Ich kann mich nicht an so saubere Hafenstädte in Deutschland erinnern. Hier treffen wir den freundlichsten Hafenmeister unseres Törns. Etwas neidisch blicke ich auf den für Olympia trainierenden

ONE DESIGN und an Land auf die riesigen glatten Asphaltpisten, auf denen INLINER ihre Bahnen ziehen, naja man kann nicht alles haben.

## *Verflixte Taubensch...*

Am 29. mittags legen wir ab, es wird Zeit, denn Karsten aus HH. muss am 2. Juni wieder arbeiten, und bis Brest sind es rd. 320 sm. Zuerst Flaute, na nun ist das die Biscaja? Aber dann bläst es raumschots mit 30 kn und der Strom schiebt mit, vor Brest kippt der Strom und wir entschließen uns für den kleinen idyllischen Hafen Camaret-sur-Mer, südlich der Brester Bucht. Nach Brest fährt die Fähre schneller als wir. Pünktlich am Pfingstsonntag um 10.00 Uhr machen wir fest und lassen die beringte Taube frei, die sich schon seit zwei Tagen an Bord befindet, gut versorgt wird und dafür alles vollsch..., das wird dann auch gleich mit´ner Pütz in Ordnung gebracht. Die Taube verabschiedet sich anständig mit drei Flug-360ern und wart nicht mehr gesehen.

## *Karsten und Karsten*

Karsten geht von Bord Richtung Hamburg und Pfingsmontag kommt Karsten aus Gifhorn (mein

Ältester) an Bord für den Rest des Törns bis Cuxhaven, so dachten wir jedenfalls, nicht wissend, dass es anders kam.... Hans berichtet später, dass um Mitternacht ein kleineres Motorboot die „Salto“ beinah umgefahren hat. Lag es vielleicht an unserer energiesparenden Normallichterführung (weißes Rundumlicht im Top)? Die Positionslampen wurden immer nur eingeschaltet, wenn Schiffe in Sicht waren. Mir fällt der Spruch ein, den die Crew der Tupilak 96 auf die Kaimauer von Horta gemalt hat:

*„Ehre sei Gott auf dem Meere.*
*Er hat das Meer soweit bestellt als schönsten Teil der ganzen Welt und tat damit seinen Willen kund,*
*damit nicht jeder Lumpenhund*
*mit dem die Erde so reichlich gesegnet, dem Seemann da draußen begegnet“.*

Wir sind noch in Camaret in der Bucht von Brest. Der mal wieder ausgefallene „Auto“ ist mit Bordmitteln instandgesetzt. Die Cockpittafel ist gedeckt, die seit geraumer Zeit aus der Kombüse aufsteigenden Wohlgerüche haben den ohnehin guten Appetit zum Heißhunger gesteigert, nun endlich verkündet die Backschaft, dass Kartoffeln, Butterbohnen und Fleischspieße den perfekten Serviergrad erreicht haben und der Rioja entkorkt ist. Es kann losgehen. Justament kommt, mit einem freundlichen, aber auch amtlich bestimmten „Bonyour monsieur“, der französische Zoll in Form einer attraktiven, aber auch pistolenbewaffneten Französin incl. männlicher Begleitung an Deck und fordert Legitimation. Selbstverständlich, Schiffspapiere und Pässe sind OK . Da wird aber noch die speziell französische Forderung nach einem Dokument des Eigners erhoben, in dem die augenblickliche Zuständigkeit des Skippers erklärt wird. Wir könnten ja auch ganz unberechtigt... usw. Schon wird mit 1000 FF Strafe oder damit, die Yacht an die Kette zu legen, gedroht, als mir eine Törnbestätigung des Eigners einfällt, die auch die Fahrtroute (u.a. Brest) aufführt. Die Mienen erhellen sich, warum nicht gleich? Hm, ja, Verständigungsprobleme. Noch ein kurzer Blick in Schapps und unter Kopfkissen, die Tanks werden abgeklopft.

„Bon appetit“ und „Au revoir“. Das inzwischen verkohlte Schaschlik, .... aber vom Rioja ist ja noch`ne Flasche da.

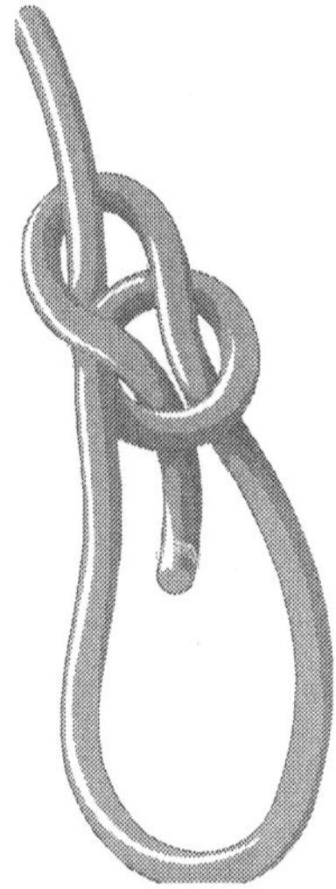

Dienstag, 2. Juni um 04.30 Uhr, Wecken. Wir müssen den starken Tiedenstrom zum Auslaufen nutzen, um die nordwestlich vorgelagerten Inseln innen zügig zu passieren. In der Nacht hat noch eine Yacht der Hanseatischen Yachtschule Glücksburg in Cameret angelegt. Die kommen auch aus der Karibik und haben als nächsten Zielhafen die Kanalinsel Guernsey. Für ein längeres Gespräch ist leider keine Zeit, schade.

Der Kanal: Wir freuen uns über regen Schiffsverkehr, identifizieren möglichst alle Schiffe, Container, Tanker, Kreuzfahrer, Fähren, Fischer, quittieren nachts die Feuer von Guernsey und Alderney und nehmen zur Kollisionsbestimmung auch mal das Radar in Anspruch. Der tageslichtdurchflutete Deckssalon ermöglicht dem Wachgänger beim Arbeiten am Navigationsplatz (oder beim Kaffeekochen) den Kontrollblick nach See. Mit Südwind und Strom kommen wir zügig voran, setzen nochmal den Spi und queren die Großschifffahrtslinie nach Norden. Wie anders ist doch das Segeln hier im Vergleich zum Atlantik. Achtung Logbucheintragung, wir haben die Länge 0 (Greenwich) überquert und schreiben nun nach knapp 61°W., = °E.

Donnerstag, 4. Juni, Dover ist in Sicht, Hovercraft und Sea Cat sind nicht zu überhören, brausen mit beängstigendem Speed übers Wasser. Wir bleiben als Kurzlieger im Hafen vor der Brücke und werden von der Marina auf Platz 62 gewiesen. Um 09.30 Uhr Greenwich-Zeit betreten wir englischen Boden in der Grafschaft Kent. Do you speak English ist nun wohl wie Eulen nach Athen ... Einkaufen im Supermarkt, Obst und Gemüse, auch Wein und Bier, alles ist etwas teurer hier, alles sehr korrekt, aber doch irgendwie „dover". Sorry, es fehlt der bisher gewohnte südländische Charme, liebe Güte, wie wird uns das erst in Deutschland gehen? Die Stadtrundfahrt im Doppeldecker oben ohne, Dover Castle and Cliffs versöhnen. Shall we have a pint of beer? Yes of course. Ab in den Pub. Kent ist auch schön. Karsten kocht Chili con Carne, with meat, schmeckt gut, ach so, wir vergaßen den Rinderwahn. Der Wind bläst aus Nordost, da müssen wir hin, jetzt auszulaufen macht also keinen Sinn. Der Nachbarlieger aus Hannover kommt nach zwei Stunden zurück und bestätigt Wind gegen, Strom mit, steile Welle und schlechte Sicht. Wir verschieben den Start auf morgen und gehen mit Hovercraft nach Calais und mit Sea Cat zurück. Zwei große farbige Radarbildschirme auf der Brücke dieser Schnellboote identifizieren jede Schiffsbewegung im relevanten Umkreis. Bei Kollisionsgefahr wird sofort reagiert. Wie beruhigend für einen Segler. Hier wird deutlich, wie wichtig Kurshalten ist.

## *Cuxhaven, Kiel, Stettin, oder was...*

All right, wir sind wieder an Bord. Hans hat indessen zum xten mal die Maschine gecheckt, da ruft der Eigner an: Die „Salto" soll nun doch nicht nach Cuxhaven, sondern nach Stettin und er würde sich freuen, wenn wir... na, Sie wissen schon. Ach so, ja das ist ja ne ganz neue Situation, aber die Distanzen sind doch hier so klein, und überhaupt: Nord-Ostsee-Kanal, Ostsee, Boddengewässer und Odermündung, hat ja auch einen ganz besonderen Reiz. Ja, Hans ist gleich Feuer und Flamme, Karsten muss seiner Arbeitspflicht wieder nachkommen und will in Brunsbüttel aussteigen. Der andere Klaus freut sich schon mächtig auf zu Haus und geht nur mit bis Kiel. Ich greife erstmal zum Telefon, um die Meinung zu Haus zu erkunden. Ja wenn es Dir doch soviel Spaß macht, naja, es ist ja höchstens eine Woche, OK.

Samstag, 6. Juni, wir laufen 06.30 Uhr aus, Strom mit. Vorher noch Diesel tanken, voll, für 24 pens/l, schön. The custom-house officer kommt längsseits und fragt nach unserem Zielort. Natürlich haben wir nicht vergessen, Liegegeld zu zahlen, 21 Pounds / Nacht. Die Sicht wird schlechter. Nebel. England festigt seinen Ruf. Die Verantwortung wird jetzt dem „Auto“ und dem Radargänger übertragen. An Deck ist es langweilig, vor dem Bildschirm spannend. Nebelhörner verdeutlichen die Geistersituation, fühlt ein Blinder immer so? Nachmittags wird es sichtiger, der Wind nimmt langsam zu. Montag früh bläst es aus Ost. Auch der Strom hilft. Über 10 kn Speed zeigt der GPS. Wir sind viel zu früh vor der Elbmündung, der Strom kippt, SOG sinkt vor Neuwerk auf einen Knoten. Es macht keinen Sinn, wir wollen noch bis Brunsbüttel, aber gehen erstmal in die Marina von Cuxhaven. Auch nach der Wartezeit haben wir immer noch Strom gegenan, dabei ist NW Cuxhaven (nach dem Kalender) längst überschritten. Vielleicht ist am Vortag bei Sturm zuviel aufgelaufen. Brunsbüttelkoog, noch kurz der Schleusengang, nach 24.00 Uhr laufen wir in die bundeseigenen Marina. Karsten ist wieder in festen Händen und die beiden fahren noch gleich nach Isenbüttel zurück. Naja, die jungen Leute.

Hohe Priorität beim Segeln haben die „Anleger“ nach dem anlegen, das halten wir auch heute so; erstaunlich, wie leise sich ein dickes Schiff, das kaum in die Schleuse passt, auf einem Kanal vorwärtsbewegt.
(Warum ist die Hauptstraße vor meinem Wohnhaus kein Kanal?).

Noch vier Stunden bis zum Wecken um 05.30 Uhr. Den Nord-Ostsee-Kanal wollen wir schnell und bei Tageslicht nehmen. Um 16.00 Uhr gehen unsere Leinen im Olympiahafen Schilksee fest.

## *Forty-niner*

Hans trifft seinen Segelfreund aus Opti- u. 420er-Kadertagen, Marcus Bauer, (amtierender Europameister im 49er), der hier mit Philip Barth für die nächste Meisterschaft täglich trainiert und uns bei Auslaufen noch eine Sondervorstellung auf dem Wasser gibt.

Am 10. 06. um 15.30 Uhr starten wir, nun nur noch zu zweit. Nach der Fehmarnsundbrücke wird es dunkel. Der Wind hält noch bis zu meinem Wachende um 03.00 Uhr, dann muß der Jockel ran. Als ich am nächsten Morgen um 08.30 Uhr die Wache von Hans wieder übernehme, ist die See glatt wie ein Spiegel. Wir haben Darßer Ort querab. Bevor es vor Hiddensee in den Strealasund geht, nehmen wir die letzte Möglichkeit, im Meer zu baden, einmal ums Schiff, kühl aber erfrischend.

Mit 2,10 m Tiefgang müssen wir uns genau an das gut ausgetonnte Fahrwasser halten. Das Marineglas schwenkt jedoch auch immer wieder seitlich, zur Beobachtung der Auen, Sandbänke, Wiesen, Wälder, idyllisch gelegener Dörfer und der vielfältigen Vogelarten, bis wir bei Usedom sogar Seeadlerfamilien beobachten. Zunächst passieren wir aber die Klappbrücke Stralsund. Ein paar Seemeilen südöstlich lassen wir den

vorher ausgesuchten, aber schattigen kleinen Hafen Gustow links liegen. Gegenüber liegt Neuhof in der Abendsonne, noch nicht fertig ausgebaut, aber sehr erholsam und eigentlich auch schon voll, jedoch Albert aus Kiel, Einhandsegler, lässt uns längsseits. Wir denken, hier kann man ausschlafen und langsam dem Land-

Landleben näher kommen. Neuhof hat ganz neu auch eine Segelschule „Nautika". Der Chef (Schweizer) lädt uns mit der „Salto" für die morgen abend startende Regatta „Rund Rügen" ein. Ja, das wäre ein schöner Abschluss. Aber den 180 $m^2$ großen Spi mit Zwei-Mann-Crew, ohne Revierkenntnis? Nein, lieber doch nicht. Am nächsten Morgen pünktlich um 07.00 Uhr weckt uns der Bagger mit dem Abwracken eines abgängigen Kutters. Wenn man schon mal ausschlafen will... Bei leichtem NW mit Groß und ausgebaumter Genua segeln wir fast lautlos durch das glatte Wasser Richtung – und mit 90° im Mittenfahrwasser über den Greifswalder Bodden. Backbord voraus: Mönchsgut (Südost-Rügen), voraus ist die Insel Greifswalder Oie (mit den wilden Pferden) auszumachen. Wir gehen vor Peenemünde (Usedom) in den Peenestrom. Flache Uferzonen bringen die Natur noch näher. Nach Passieren der Wolgaster Klappbrücke fängt es an zu nieseln. Die Sicht ist etwas eingeschränkt, ich muss mich voll auf die Betonnung konzentrieren. 2.10 m Tiefgang erlauben hier keinen Schlenker und kein Schnippeln. Hans schmort eine seiner leckeren Gemüsekompositionen. Nach 50 Minuten Wartezeit wird die Zecheriner Klappbrücke geöffnet.

## *Wir kommen an, Mönkebude hilft*

Es wird dunkel und wir sind froh, in dem kleinen Hafen hinter dem Fragment der Karniner Eisenbahnhubbrücke auf Usedom neben den Zollbooten noch einen Liegeplatz zu kriegen. Den Anleger wollen wir in der noch geöffneten einzigen Dorfkneipe nehmen. Die aus Mönkebude mit einem instandgesetzten Zeese-Gaffelkutter für diese Nacht herübergesegelte lustige Herrengesellschaft nimmt uns gleich in Ihre Mitte und praktiziert Gastfreundschaft. Es gibt viele interessante Geprächsthemen und immer wieder müssen die Stimmbänder geölt werden. Am nächsten Morgen weiß ich, dass die Nacht nur kurz gewesen sein kann.

## *Aber so schnell schießen die Preußen nicht*

Weiter geht's ins Stettiner Haff (Oder-Haff), wir müssen uns eben beim Schlafen abwechseln. Eine frische Briese macht munter. Fischerbojen und Stangen wollen beachtet sein. Hier ist Schnippeln bezüglich Wassertiefe erlaubt, davon wird Gebrauch gemacht. Jede Menge Segler sind unterwegs, genau, heute ist ja Samstag, Wochenende. Wir nehmen die „Kaiserfahrt". Achtung Steuerbord querab hinter der Fahrwassermittentonne „Haff" liegt ein Motorboot mit Tochterboot am Heck, könnte ein polnisches Zollboot sein. Hans muss aus der Koje, die Genuaschot ist aus

dem Spibaum zu klinken, damit wir anluven können. Richtig, da ertönt schon ein langer Warnton. Ja, so schnell schießen die Preußen nicht, aber der Zoll feuert schon eine Leuchtrakete ab. Als wir in Rufweite sind, läuft das kurze Wechselgespräch aber doch freundlich ab, in Ziegenort sollen wir einklarieren. (Eigneranweisung: Sagt ja nicht, dass ihr aus der Karibik kommt!) Wir segeln in die Oder, der Weg bis zur Werft zieht sich, aber den Jockel schmeißen wir nicht mehr an, die letzten Meilen von insgesamt 5690 wollen wir segeln. Auf der Westseite ist Schwerindustrie angesiedelt, am Ostufer dominiert Natur. Tonne 78, wir sind am Ziel, 53°27.84`N. 014°35.99`E., der kleine Werfthafen nimmt uns auf. Die Hallen auf dem verriegelten Werftgelände liegen größtenteils brach.
Die Natur beginnt mit der Rückeroberung.

## *Ich habe fertig*

Nun erfolgt alles ein letztes Mal: Anlegen, Festmachen, Segel bergen, Logbucheintragung etc. Klar Schiff heben wir uns für Sonntag morgen auf. Die letzte Flasche Rioja will geleert sein. Die Nacht bringt Erholung. Fritz aus Leonberg, der seine Yacht wegen günstiger Liegegebühren und hervorragender „Törnausgangslage" hier liegen hat, bringt mich auf seiner Rückfahrt

Sonntag nachmittag zum „Bahnhof Zoo". 2 ½ Std. später holt mich meine Frau vom Bahnhof in Gifhorn ab. Schön, dass Du wieder da bist, naja, nach zehn Wochen! Wie, zehn? Ich dachte, es waren erst neun Wochen. Schön, wieder zu Haus zu sein, nun muss ich noch mental ankommen.

An diesen Törn werde ich mich noch lange und gern erinnern.

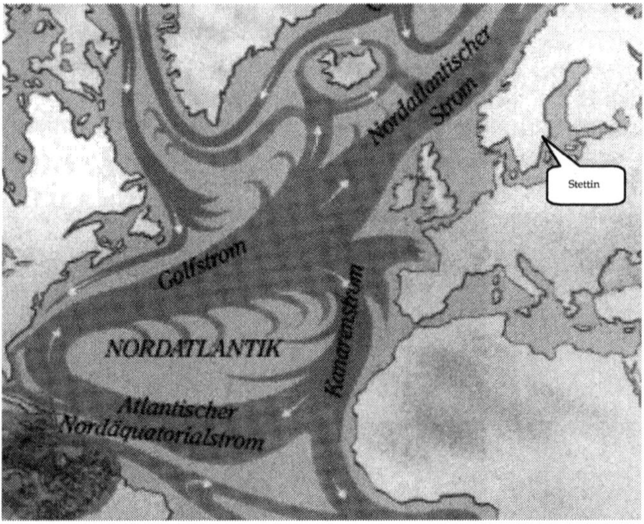


Timetable:

| Start | Ziel | Seemeilen | | Zeit |
|---|---|---|---|---|
| 05.04.98 | 14.06.98 | Luftlinie: | Kielwasser: | 70Tage |
| Pt. A Pitre | St. Marten | 365 | 430 | 3 Tage 13 Std |
| St. Marten | Horta/ Azoren | 2289 | 2377 | 13 Tage 14 Std |
| Horta/Faial | Lissabon | 890 | 924 | 8 Tage 8 Std |
| Lissabon | Cuxhaven | 1320 | 1564 | 5 Tage 36 Std |
| Cuxhaven | Stettin | 370 | 395 | 2 Tage 15 Std |
| Segelzeit: | Guadeloupe-Stettin | 5234 | 5690 | 34 Tage 14 Std = 165 sm/Tag |

# Barfuß über den Atlantik

Oktober - November. Mein Laser ist winterfest eingehüllt. Das Wetter: Nieselregen, nasskalt, grau, es wird überhaupt nicht mehr hell, ein idealer Nährboden jener kollektiven zentraleuropäischen Depression. Noch ein paar Surfgänge auf dem Tankumsee, nein, der gewohnte Spaß will sich nicht mehr einstellen, wenn auch die unverständigen, ja mitleidigen Blicke eingemummter Spaziergänger weit überziehen.

Wie schön, einen Eigner kennengelernt zu haben, der seinen Lebenstraum - auf eigenem Kiel über den Atlantik - verwirklichen will. Und zwar jetzt und mit meiner Teilnahme.

Eine Hallberg Rassy 53 muss man einem Segler wohl nicht vorstellen, nur ein paar außergewöhnliche Details. Die „Vela novia“ : *Vollautomatisiert für kleinste Crew (Eigner und Ehefrau)* :

Neben UKW- und Funk- auch Inmarsat-Telefon, hydraulischer Rollmast und Rollfock, hydraulischer Achterstagspanner und Baumniederholer, 6kW Generator, Autohelm ST 7000, Entsalzungsanlage, Furuno Radar, zwei GPS-Geräte mit Plotter, vorausschauendes Echolot, Navtex Wetterfax, Faltpropeller, Bugpropeller, Mikrowelle, Waschmaschine, diverse Seenotrettungsmittel.

***Die Crew** (dreimal Klaus):*

- Klaus L.: Eigner, Unternehmer, zugereister Ostfriese.
- Klaus T.: Ingenieur, Professor, Manager, Rheinländer.
- Klaus M.: Marketing a.D., Kameramann, Berichtverfasser, Heidjer
- Jochen: Akademiker, Marketing im Bereich Wiegen und Messen, aus Bayern.
- Dirk: Ltd. Kriminalkommissar, Hobbykoch, ausgereister Ostfriese

Am 11. November holt mich der Eigner im Mietwagen vom Flughafen Las Palmas ab. Im Flugzeug (Fensterplatz) war es sehr eng. Ich denke, es ist eine gute Vorbereitung für die (relative) Enge an Bord. Die Yacht liegt in Puerto de Mogán im Süden von Gran Canaria. Mogàn ist ideal für Segler und Individualisten. Auf der Fahrt dorthin und an den nächsten Tagen werden die Gegensätze und Überraschungen, die diese kleine Vulkaninsel bietet, sichtbar. Kahle wüstenartige Gebiete und neblig-feuchte Hänge voller Farne und Blumen, stille Kiefernwälder, riesige Bananenplantagen, die den Archipel so tropisch-exotisch machen. Andererseits schlucken die nach hier importierten Bananestauden pro Kilogramm Frucht rd. 650 l Wasser, das fast ausschließlich aus künstlicher Bewässerung stammt. Zusammen mit den Touristen (Verbrauch 586 l/Kopf und Tag) entsteht so das $H^2O$-Dilemma, das der Passat allein nicht lösen kann. Die ersten Meerwasserentsalzungsanlagen liefern schon acht Mill. l/Jahr. Vielfältig sind auch die Kontraste zwischen den massigen Ferienzentren, den quirligen Hafenvierteln, der dörflichen oder kleinstädtischen Enge mit seiner Spießigkeit und den halbverlassenen Bergdörfern, in denen Menschen noch in Höhlen wohnen – allerdings mit Fernsehempfang.

Die stäbige „Vela novia“ liegt in ruhigem Hafenwasser inmitten anderer großer Yachten aus aller Welt (römisch-katholisch) am Steg. Mit beträchtlichen Mengen Lebensmitteln, Wasser und Diesel beladen, verdrängt sie an die 30 to und vermittelt mir, als ich vom Steg über die Bugleiter an Deck übersetze, nach einem kurzen Rundblick sofort das Gefühl von Sicherheit. Unter Deck wird der Kontrast zur sonst gewohnten Charteryacht noch deutlicher: Platz, Bequemlichkeit, ja Luxus, wohin das Auge blickt. Erinnerungen an die Baltic 55, auf der ich vor 10 Jahren zweimal mit Hellmut segelte, werden wach. Das helle Sonnensegel schützt vor zu starker Aufheizung an und unter Deck. Hardtop und ggf. Biminitop schützen vor Sonne und Regen. 20° C Temperaturdifferenz zu heute morgen, als ich Deutschland verließ, und 25° C Wassertemperatur laden zu einem wohltuenden Bad in der vulkanschwarzen Badebucht ein. Für einen kurzen Moment denke ich daran, wie anormal es doch ist, in vier Stunden Kontinente und Klimazonen zu überfliegen; rd. 1900 sm sind es von Gifhorn. Zur Überwindung der 3000 sm, die vor uns liegen, werden wir ca. drei Wochen Tag und Nacht segeln.

Nahe der Afrikanischen Küste, in Höhe der Sahara am Rande der Passatzone und inmitten einer großen Meeresströmung, sind die Kanaren traditionsreicher Treff- und Ausgangspunkt von Schiffen, Menschen, Waren und Kulturen. Ich lese: Hier beginnt aufregend abwechslungsreiches, rauhes, doch berechenbares Hochseesegeln. Na dann. Moment noch:

Vor gut 500 Jahren verließen drei spanische Karavellen die Kanaren; auf dem Weg über den Atlantik fanden Sie die Neue Welt. Seither kreuzten große Seefahrer vieler Nationen in diesen Gewässern. Kolumbus und Amerigo Vespucci, Cortez und Pizarro erflehten hier auf heimischer Erde ein letztes Mal Gottes Segen. Illustre Seeräuber gingen hier ihrem Geschäft nach, mit Lizenz ihrer jeweiligen Obrigkeiten zum Brandschatzen. Lord Nelson verlor vor Teneriffa eine Seeschlacht und seinen rechten Arm. Unzählbare Frachtensegler nahmen in vergangenen Zeiten den Weg über den Atlantik nach Westen zu den Westindies, nach Nord, -Mittel- und Südamerika dank des beständigen NE-Passat von hier. Und nun wir.

Sorry, ich schweife ab. Ein Vergleich mit den Entdecker- und Frachtenseglern vergangener Zeiten ist unangemessen. Heute stehen dem Atlantiksegler neben diversen technischen Hilfsmitteln umfangreiche Erfahrungsberichte und

Informationen zur Verfügung. Der Watermaker erübrigt die Frage nach genügend Trinkwasser. Sonne, Mond und Sterne erfreuen uns, aber für die Navigation mit GPS sind sie ohne Belang, Funktionsfähigkeit allerdings jeweils vorausgesetzt.

## *Vorbereitung tut not*

Frisches wird noch auf dem eher orientalisch anmutenden Markt und in dem gut sortierten Spar-Laden zugekauft. Dirk, unser Koch (Hobbykoch), ist in seinem Element und wird vom Eigner (auch Lebensmittelfachmann) unterstützt. Da kann ich nur noch als Träger dienen. Ich darf den Mast checken im Bootsmannsstuhl, mit Elektrowinsch befördert, ein Vergnügen bis 25 m hoch. Das stabile Seldèn Rigg vermittelt zusätzlich Vertrauen. Nur die Verlegung des Bliesterfalls auf einen höheren Umlenkpunkt, weil das Vorliek etwas lang ist, soll sich als falsch herausstellen. Der letzte Harmattan aus der Sahara hat das Rigg mit okerfarbenem Sandstaub bedeckt, hier oben muss der nächste Regenguss klar Schiff machen, weiter unten ist eh alles clean und auf Funktionsfähigkeit geprüft. Das Navtex-Wetterfax liefert keine brauchbaren Meldungen; wir vermuten als Ursache schlechte Empfangslage, da der Hafen zur Hälfte von hohen Felswänden abgeschattet ist, die Antenne ist nach fachmännischer Überprüfung jedenfalls o.K. Einige unserer Nachbarlieger aus Holland, England und

Deutschland gehen, eine Woche später, mit der ARC (Atlantic Rallye for Cruisers) zum gleichen Zielhafen. Insgesamt sollen ca.160 Yachten gemeldet haben. Mag sein, dass es in der Herde sicherer ist, wir bevorzugen Individualismus.

## *Freitag den 13. (Aberglaube hin - Wagnis her)*

gehen die Leinen los. Der Eigner holt die noch fehlenden Mitsegler Klaus T. und Jochen vom Flughafen. Mietwagen zurückgeben, ausklarieren, voll bunkern: 1000 l Frischwasser, 1200 l Diesel, OK. Um 17.30 h legen wir ab, verlassen den sicheren Hafen, gehen auf den Atlantik. Die Überquerung eines Ozeans ist immer eine besondere Etappe. In dem Maße, in dem die Insel langsam in Dunst und Dunkelheit entschwindet, nimmt die Spannung ab, die sich in den letzten Tagen und Stunden mehr unbewusst aufgebaut hat. Kein Land mehr in Sicht, jetzt beginnt die Zeit, mit Schiff und Mitseglern in Übereinstimmung zu kommen, sich ganz auf das Segeln zu konzentrieren, den Kräften der Natur anzupassen, den Himmel und das Meer für Wetterprognosen zu beobachten. Schritt für Schritt müht man sich, das Schiff schneller zu machen, um es zu seiner Topform zu bringen, ohne einen Schaden zu riskieren. Segeltrimm und -stellung werden optimiert, Verschleißteile überwacht, der Kurs wird festgelegt, jeder ist bemüht, seinen

Rhythmus zu finden. Lange Segeltörns sind ein fortwährender Lernvorgang.

## *Enthäuten oder zuzeln*

Von unserer fünfköpfigen Crew haben drei den Atlantik noch nicht überquert. Der Koch ist kein Segler, für ihn beginnt der erste nennenswerten Segeltörn, er ist von der Einmann-Wache im Zweistundentakt befreit und kann sich ganz auf das leibliche Wohl der Crew konzentrieren. Reichhaltige Lebensmittelvorräte, eine professionell eingerichtete Pantry, moderate Schiffsbewegungen bei raumen und achterlichen Winden und die Koch- und Backkünste unseres Hobbykochs haben wesentlichen Anteil am Gelingen unseres Törns. Nicht vergessen werden darf in diesem Zusammenhang das allabendliche Teezeremoniell nach streng ostfriesischer Art und die nie abgelehnte Einladung zum Cappucino nach besonderen Leistungen und Manövern. Der Eigner höchstpersönlich ließ sich die Vor- und Nachbereitung dieser - nach kurzer Zeit zum festen Ritual gehörenden - Handlung nicht nehmen. Ihm verdanken wir auch den „süßen Teller“, der, gefüllt mit allerlei Leckereien, jede Nacht, wenn ich von ihm die Wache übernahm, mit der Bemerkung „Man kann, muss aber nicht!“ angeboten wurde. Ich kann mich des Eindrucks nicht erwehren, dass dieser Teller zunehmend dazu führte, dass auch der Rest der

Crew kurz mal zum „Luftschnappen" ins Cockpit schaute. Der Leser merkt sicher schon, mit welchen gewaltigen Verpflichtungen und Mühen eine Atlantiküberquerung verbunden sein kann, aber ich will nicht vorgreifen. Zunächst gelang unserem Bayern mit ganz frisch eingeflogenen und nun gebrühten Weißwürsten, süßem Senf und Laugenbrezeln, direkt aus Landshut, ein perfekter Einstand. Die unterschiedlichen Verzehrarten (mit Pelle, durch Zuzeln oder durch Enthäuten) musste er den „Saupreussen" natürlich erst erklären, aber dann waren auch die vorerst Skeptischen des Lobes voll. Am nächstem Morgen, weil es hierher gehört, überraschte Klaus T. positiv mit aufbackbaren Brötchen aus Leverkusen und so liegen denn doch wohl Welten zwischen den Entbehrungen von Kolumbus & Co und uns. Zum Wachplan ist noch anzumerken, dass, um keinen zu benachteiligen, die Mittagswache von 12.00 bis 2.00 Uhr eine Freiwache war. Überhaupt hat mir gefallen, dass fast alle Aufgaben demokratisch gelöst wurden und niemand mit Wissen zurückhielt.

Die saubere Luft, der warme Wind, der klare Himmel, weder Haus noch Baum verstellen die Sicht, kein fremdes störendes Geräusch lenkt ab. Millionen von Sterne steigen auf und halten das Licht in der Schwebe. Zeitweise jagen gleich bündelweise Meteoriten über den Sternenhimmel und begeistern den im Beobachten gar nicht nachkommenden Betrachter. Die Nachtwachen geben Gelegenheit, sich als Einhandsegler zu fühlen. Wenn die übrige Crew schläft, ist der Wachhabende mit dem Schiff, der grenzenlosen Weite des Meeres und den Kräften der Natur für sich. Zeit zum Erleben, Schweigen und Träumen. Doch keine Sorge, die nun alleinige Verantwortung für Manschaft und Schiff wird nicht verträumt, bleibt auf Stand-by. Schiffsbegegnungen sind hier, nun weitab der Handelsschiffahrt, aber selten. Durch Vollautomation wird so manches Segelmanöver vom Wachführer allein auf Knopfdruck gemanagt. Wer von der Crew gerade nicht so fest schläft, hört unterschwellig noch das Antriebsgeräusch der Rollhydraulik. In dem beruhigenden Bewußtsein, dass an Deck noch jemand waltet, wendet er sich, um dann, auf der komfortablem Sprungfedermatratze, genüsslich weiter zu ruhen. Wer längere Zeit auf einer Segelyacht lebt und mit ihr große Distanzen zurücklegt, erfährt ein Gefühl von Freiheit und Unabhängigkeit, das nicht zu beschreiben ist.

Angesichts der Leichtigkeit dieses Segelns und der damit einhergehenden Routine fühlt sich Klaus L. veranlasst, an die vorab getroffene Vereinbarung zu erinnern, nachts Lifebelt zu tragen, außerhalb des Cockpits unbedingt. Recht hat er. Es bedarf dieser Ermahnung, ich fühle mich angesprochen und denke an Tabarly. Sorry!

## *Der Passat!*

Unser Ziel ist Saint Lucia/Karibik. Wir wollen schnellstmöglich den NE-Passat erreichen. Nur wie? Die Nordgrenze dieses planetarischen Windsystems verschiebt sich von Jahr zu Jahr und im Laufe eines Jahres von etwa 30°N im Sommer auf 25°N im Winter. Nach der Statistik ist es ein fataler Fehler, den Kurs zu früh nach Westen abzusetzen und zu riskieren, in die umlaufenden Winde zu geraten, die von den dominierenden massiven Hochdrucksystemen in der Mitte des Atlantiks beeinflusst werden. Nach der vom Eigner eingeholten Törnberatung des Deutschen Wetterdienstes gehen wir zunächst auf 25°N/25°W, um dann nach weiteren Prognosen der Wetterfrösche auf 30/30 und 25/30 abzusetzen. In der Hoffnung, dass sie uns den Weg weist, halten wir Ausschau nach der typischen Passatbewölckung.

15/16.11. : Der Koch klagt über eine zu warme Koje. Unter seiner Matratze verrichten die Batterien mit einer Gesamtkapazität von über 500 ah normalerweise unbemerkt ihren Dienst. Etwas Wärme ist ganz normal, wird er belehrt. Nachdem jedoch starke Wärmeentwicklung beißende Säuredämpfe nicht mehr unter Verschluß halten, lässt sich auch unser Hobbykoch nicht mehr mit abwiegelnden Bemerkungen ruhigstellen. Klaus T. dagegen ist in seinem Element: Messen und Prüfen, Schrauben, Auffüllen und Beobachten. Schade nur, dass solche Störungen immer nachts passieren. Die Servicebatterien sind ziemlich fertig. Wir dürfen nicht über 14,2/28,4 V. aufladen. Bei Erreichen der Spannung wird der Generator einfach abgeklemmt.

16/17.11. : Nachts ist der Bliester von oben gekommen. Ursache: Das noch in Mogàn zum Masttop höher gelegte Fall ist am irrtümlich nicht entspannten Drahtvorläufer des Genuafalls durchgetrennt. Sch.... - ich gehe in den Mast, doch bei Seegang fährt der Masttop „Achterbahn hoch drei" mit mir. Ein neues Fall durch den Mast zu ziehen braucht seine Zeit. Irgendwann muss ich ganz schnell von da oben runter. Jochen opfert sich und führt das Werk zum Abschluss. Am 17.11. überqueren wir um 14.00 Uhr UTC den Wendekreis des Krebses und sind in den Tropen. Zugegeben, diese Überquerung stelle ich erst im Nachhinein fest, was unterstreicht: Das Meer ist, wie schön, grenzenlos, mindestens hier.

Kurz vor Sonnenuntergang bricht der - für 160 $m^2$ unterdimensionierte - Kopfbeschlag des Bliesters. Mit Bordmitteln wird der Schaden repariert. Am 20.11. ist wieder Bliestertag, hoch mit dem guten Stück, doch leider hält er nur über Nacht; im Morgengrauen bricht die reparierte Stelle. Erneut wird repariert, nun mit anderer Mimik. Inzwischen schreiben wir den 22. November, am 9. Tag stehen wir mittags bei 17°49.27`N und 33°46.29`W. Auf der Suche nach dem Passat sind wir noch weiter südlich gelaufen.

OK, wir haben den Passat. Cumulus, wie die Puffwolken einer Dampflokomotive, sprenkeln den Himmel. 15 kn. Wind erfreuen uns, wir sind ja nicht verwöhnt. Doch selbst wenn sich der Passat etabliert hat, weht er nicht ständig aus der gleichen Richtung, wie manche glauben. Manchmal weht er überhaupt nicht, und die Crew, die nicht mitten auf dem Ozean die Erfahrung absoluter Windstille macht, kann sich glücklich schätzen, lese ich. Zu diesen Glücklichen gehören wir nicht, können aber mit 20 Tagen bei knapp 3000 sm sehr zufrieden sein. Diese Distanz habe auch schon 40 Tage gedauert, lese ich weiter. Am 25.11. regnet es für eineinhalb Tage, eine schöne Gelegenheit das Teakdeck zu pflegen, und auch die Chance, das einzige Mal auf diesem Törn, leichtes Ölzeug zu tragen. Ansonsten ist, außer zu den Mahlzeiten, bei denen mit Anstand geschwitzt wird, die kurze Hose das einzige Kleidungsstück. 28.11. : 10 kn. Wind, Bliestertime, wieder erfreut uns dieses leichte bunte 160-m$^2$-Tuch fast den ganzen Tag mit optimalem Speed. Schade, bei 13 kn. Wind bricht er aus den Lieken, zu schwach gebaut! ? Aus der Traum. Diesen Schaden können wir mit Bordmitteln nicht mehr reparieren. Jimmy, Segelmacher in der Rodney-Bay, wird ihn später für 250 US$ wieder instand setzen. Eigentlich können wir froh sein, das Tuch viermal ohne weiteren Schaden aus dem Meer an Deck gehievt zu haben.

Nicht dass kein Wind wäre, aber unter 6 - 8 kn. Wind macht Segeln keinen Sinn. Am schlimmsten ist die Übergangsphase, wenn du die Hoffnung auf Besserung nicht aufgeben willst, die Segel nicht sofort streichen willst. Die Atlantikdünung bringt das Schiff zum Rollen. Dünung und Schwell von fernab gelegenen Starkwinden sind immer gegenwärtig, auch bei Totenflaute. Der Winddruck reicht nicht um Schiff und Segel stabil zu halten. Es dümpelt. Die Segel schlagen und leiden. Mit allerlei Hilfskonstruktionen versuchst du das Schlagen zu unterbinden. Der Großbaum wird in seiner Stellung mit Hilfsbullen und Schot dichtgesetzt. Die unvermeidbare Lose in der Schot soll mit einem Ruckdämpfer auf elastische Spannung gehalten werden. Flop...Flop.. Vergebens. 70 $m^2$ Großsegel pendeln, durch die Rollbewegung des Schiffes in Schwung gebracht, mangels ausreichendem Winddruck hin und her. Erreicht das schlagende Tuch in unregelmäßigen Intervallen seine größte vom Segelmacher vorgegebene Weite, überträgt sich die überzählige Kraft ruckartig und mit lautem Knall auf den Großbaum, den Mast, das Rigg. Flop,...Flop,... Die Fock, anstatt sich daraus zu halten oder vielleicht sogar ihren Abwind besänftigend auf das Groß zu lenken, nein, als hätte sie's dem Peitschenknaller abgeschaut, stimmt, ohne Rücksicht auf ihr eigenes Leben, in

das Hammerkonzert mit ein. Der Rudergänger zuckt bei jedem Schlag hilflos und völlig zu Unrecht schuldbewusst zusammen. Doch es wird noch schlimmer. Der Rumpf des Schiffes spielt sich nun, ohne jegliche Konstrukteursabsicht zwar, doch geradezu wie dafür geschaffen, als Resonanzboden auf. Willig empfängt er, wie die Baßgeige den Saitenzupfer, jeden Knall über das Rigg und tratscht ihn, dank seines Volumens zum Donnerschlag verstärkt, an die gesamte Crew und, sofern an Bord, vor allem an den Eigner weiter. Verdammt, wer ist denn da am Ruder? Die armen teuren Segel, sie leiden und verschleißen ohne jeden Nutzen. Die Nerven liegen blank. Wären starre Profile als Segel die Lösung? Wir hassen den Motorenlärm, doch nun ertragen wir das gleichmäßige Dröhnen der Maschine fast erleichtert, nachdem die Segel geborgen sind. Schau mal, dahinten kräuselt sich das Wasser, ein Windstrich, Hoffnung keimt - und das Spiel kann von neuem beginnen. Verflixt, Generationen von Schiffskonstrukteuren und Segeldesignern verwenden ihr gesammeltes Know how und Abermillionen Dollar dafür,
Yachten schneller, sicherer, komfortabler zu bauen. Kann bitte mal einer ein Patent gegen Segelschlagen erfinden! Er käme sicher zu Ruhm und Reichtum.

## *Badetime*

Wenn es der Wind zulässt, wird einmal am Tag das Ruder bis zum Anschlag gedreht, blockiert. Dann ist Badetime. Eine erfrischende Abwechslung. Die Haie müssen ja nun nicht unbedingt hier ... - und sie tun es auch nicht. An Bord habe ich auf diesem Törn nie Schuhe getragen. Auch deshalb: Barfußroute trifft den Kern.

## *Flying Fish*

Am 19.11. begleitet uns für 10 Minuten zum ersten und einzigen Mal eine große Delphinfamilie, nach meinem Eindruck ist in nördlicheren Breiten tiermäßig wesentlich mehr los. Wir sehen aber noch Portugieser Galeeren, d.h. Segelquallen; wie eine Segelflosse recken sie die luftgefüllte Blase in den Himmel. Sie segeln vor dem Wind in seltsam taumelnden Bewegungen. Riesenschildkröten, Seeschwalben, die sich auch im Schiff umsehen, und jede Menge fliegende Fische. Aufgeschreckt von unserer Yacht fliegen sie tagsüber 100 m weiter, um dann wieder ins Wasser zu platschen. Nachts landen sie häufig, von was auch immer angezogen, an Deck. Einer von ihnen fliegt nachts zu unserem zunächst schlafenden, dann erstaunten Eigner in die Koje. Der findet das gar nicht lustig aber er überlebt, im Gegensatz zu dem Fisch. Apropos Fisch, Jochen hat eine geliehene Hochseeangel dabei. Mindestens sechsmal beißen Fische, doch wir kriegen keinen an Bord, dafür segeln wir wieder zu schnell oder so.

## *Obi, aava, Eier, El Ninò, Rassy,oder was?*

Unser Wetterfax empfängt nicht. Aber morgens um 09.30 Uhr UTC verbreitet sich Christoph auf 14.313 kHz mit den Wetterinfos für Atla/Med/Pacif und Gesprächen für Amateurfunker. „OK“ ist dabei die am häufigsten gehörte Vokabel. „OK!“. Jochen rechnet heftig die schnellsten Kurse unter Berücksichtigung der zur Verfügung stehenden Segellast, Windeinfallwinkel, Stärke und Geschwindigkeit aus. Er hat das größte Interesse, schnell rüber zu kommen, seine Maschine fliegt schon am 7.12. und vorher will er natürlich noch Land und Leute kennenlernen. Mir solls recht sein, solange seine Berechnungen nicht darauf hinauslaufen, den Jokkel anzuschmeißen. Irgendwie einigt man sich dann darauf, was geschieht, auch abhängig davon, wer gerade Wache geht. Bei Meinungsverschiedenheiten wird auch schon mal der Rat von Christoph Rassy zitiert (gilt mehr für den maschinentechnischen Part). Auch der Sextantenkoffer wird entstaubt und es kommt Freude auf, wenn der gefundene Ort dem GPS recht nahe ist. Das Tempo des Fortschritts beim Segeln - wie in allen anderen Bereichen - ändert nicht nur die Art und

Weise, wie Leute etwas tun, sondern auch, wie sie denken und planen. Mit großer Selbstverständlichkeit werden elektronische Navigationsmittel, hydraulische Spanner, Rollmast- und Rollfockanlagen, Autopiloten, Watermaker und Generatoren eingesetzt. Die Maschine, eigentlich für Hafenmanöver oder den Notfall vorgesehen, wird zunehmend als Segelersatz und Garant für Termineinhaltung genutzt, ja fest eingeplant. Infolgedessen sinken die mentalen, physischen und emotionalen Anforderungen. Aber die Unberechenbarkeit des Wetters bleibt, langfristige Prognosen sind unsicher. Gerade hat sich Hurrikan Mitch ausgetobt und was bringt El Ninò? Auf dem Ozean gibt es nur wenig Möglichkeiten, Unwettern auszuweichen. Auf diesem Törn erleben wir den Härtetest nicht, im Passatgürtel ist er auch selten. Doch 500 Meilen nördlich von uns werden (lt.Cristoph) zu Beginn der ARC in Seenot geratene Crews abgeborgen. Unser „Barfußtörn“ ist so ruhig, dass ich mich wundere, wie harmonisch in der Crew alles abläuft. Ein Zeichen dafür, dass wir gut miteinander umgehen können. Keine Regel ohne Ausnahme: Justament als ich in meiner Koje „nachdenke“ (schlafe), entfacht sich ein „Eierstreit!“ Noch bevor ich wieder an Deck bin, ist er schon stillschweigend zum Tabuthema erklärt. Selbst wenn ich also wollte, ich könnte hierzu keinerlei Erklärung abgeben. Möglicherweise mussten die Eier ja für sonstwas herhalten? Der Vorrat war jedenfalls so reichlich bemessen, dass das letzte der 150 Kanarischen Eier 11 Tage nach unserem Landfall, auf St. Lucia, verspeist wurde. Unsere Leidenschaft ist Segeln. Sonst wären wir nicht hier! Segeln genießen wir, bei gutem Wetter unmittelbar, bei härterem Wetter rückblickend noch mehr. Doch zuviel Genuss gibt leicht Verdruss! Drei Wochen Tag und Nacht auf See ohne Landsicht erlebt man nur auf dem Ozean. Kein Problem für uns, denn durch Einmannwachen entsteht für Abwechslung viel Freizeit, die jeder nach eigenem Interesse nutzt.

Obi, aava, aufi, umma, - nicht, dass ich nun bayrisch sprechen könnte, aber Jochen müht sich, mir wenigstens einige Grundbegriffe beizubringen. „Umzu“, meint „drumherum“, lerne ich aus der ostfriesischen Fraktion. Der Eiserne Gustav (Autopilot) ist eine das Langstreckensegeln erleichternde Erfindung. Zugegeben steuert so ein seelenloses Teil auf Dauer, gerade, wenn es auch noch den sich permanent ändernden Windeinfallswinkel berücksichtigt, präziser und ermüdungsfreier als der Skipper. Das ärgert. Doch für schnelle Manöver und hartes Wetter ist Gustav zum Glück überfordert. Zum Glück, weil ich soviel Technik nicht mag. Meine Empfehlung: Zwischendurch immer mal wieder von Hand steuern, das hält munter und übt für den Ausfall und für Streßsituationen, die Gustav (noch) nicht bewältigt.

An Bord schlafe ich wie immer, verry well. Die Steuerbordkabine im Vorschiff ist, was Motoren/Generator/Watermaker-Geräusche anlangt und auch im Verhalten zum Seegang, ideal. Der vordere Nassraum und der Duschraum liegen gleich gegenüber. Ja, die Dusche, jeden Tag wird sie mit Wonne genossen. Dass der Wassertank schon nach einer knappen Woche 80% Luft enthält, regt uns nicht auf. Der Watermaker liefert auf Knopfdruck 120 l Süßwasser/Std.; mit Hilfe von Kühlschrank und Sodastreamer wird daraus auch wohlschmeckendes Tafelwasser, immer und immer wieder. Bettwäsche und Handtücher werden auf dieser Yacht gestellt. Der Schlafsack ist out. Auch TV bleibt hinter der Schranktür, dafür ist die Zeit nun wirklich zu schade.

*Land in Sicht:*

Donnerstag, der 3.12. : 25 Meilen vor unserem Ziel empfangen uns die ersten schwarzen St. Lucians, in schlanken, bunt bemalten Holzbooten mit 75 PS Außenbordern kommen Sie uns entgegen. Diese freundlichen Helfer begrüßen uns lachend und bieten ihre Waren an: Diesel und Früchte, Dienstleistungen als Lotse, Fremdenführer und Taxifahrer. Später wissen wir, dass uns dieser Service bis zum Ende unserer Reise und bis zum Überdruss bei jeder sich bietenden Gelegenheit angeboten wird. In drei Wochen haben wir zuerst das Schiff der Stunde, dann das des Tages, dann das der Woche gesehen. Tage und Nächte ohne Schiffsbegegnung. Obwohl noch immer kein Land in Sicht ist, dieser Empfang verändert die Bordroutine. Schon wird das Schlauchboot klar gemacht. Die Nationalflagge St. Lucia und die Flagge Q werden gesetzt. Kurz vor Sonnenuntergang kommt auch Land in Sicht. Das Fernglas verbessert die Weitsicht: St. Vincent, St. Lucia, Martinique. Die Wegepunkte werden eingegeben. In der Rodney-Bay wollen wir vor Anker gehen. Der Wind schläft ein. Also, Maschine an, und der eiserne Gustav ist wieder dran. Wir fahren nach Trak-line. Passieren die Nordspitze der Insel. Der Vollmond bringt Licht in die Dunkelheit. Komisch, die vorgelagerten Pigeon Islands müssten eigentlich Backbord bleiben, aber wir laufen genau darauf zu. Nervensache? Nein, lieber steuern wir von Hand nach Sicht in die Bay.

Der Anker fällt, bei 6 m Wassertiefe und sandigem Grund, kein Problem. Maschine aus, und noch ein bißchen Ankerwache. Etwa 15 weitere Yachten liegen in der ausgedehnten Bucht vor dem Hafen. Die seidige lauwarme Luft hüllt uns ein, Calypso- Reggae- und Rap-Klänge schwappen herüber, erhöhen die Vorfreude auf den Landgang. Erstmals nachts wieder durchschlafen, im Halbschlaf ist erneut der karibische Rhythmus zu hören. Gut geträumt, wie immer auf See, und schweißnass wache ich auf, 29°C, 85% rel. Luftfeuchte, also der Körper reagiert ganz normal, oh diese Aussicht, und ein Bad im türkisfarbenem Wasser, herrlich.

4.12.98: An der Strandbar spendiert Jochen ein „Piton“ (karibisches Bier) 0,25 l, gut gekühlt. Die Wirkung ist enorm, denn: An Bord waren Nikotin und Alkohol verpönt, für den einen oder anderen eine Möglichkeit, Abhängigkeit zu testen, oder eine Chance für den Ausstieg. Jochen geht vor seinem Abflug von Bord. Er will noch mal ganz unabhängig sein und quartiert sich für drei Tage an Land, mit Familienanschluß, privat und günstig - heutige Zufallsbekanntschaft - ein. Die Hotels verlangen bis 350 US$/Nacht. Wir treffen Jochen aber noch zweimal an markanten Inselpunkten beim „Happy Hour“ und tauschen interessante Erlebnisse aus. Eine Woche später spricht mich, in der Rodnay-Marina, Dirk aus München an. Hallo Klaus! Ach ja, wir waren 93 zusammen, von Tunesien kommend, durch den Suez-Kanal gesegelt. Schön, dich hier wiederzusehen. Was machst du? Dein Studium? Schleich die! Pardon! Dirk ist mit der ARC auf der „Chris“ von der Hanseatischen Yachtschule Glücksburg rübergekommen. Und geht noch als „Deckshand“ bis Martinique. Ciao! Sieht man sich noch mal?

Der Eigner, Klaus L., fliegt am 8.12., zur Ausrichtung größerer Feierlichkeiten in eigener Sache, nach Deutschland zurück. Mit unserem Hobbykoch, demnächst wieder Kommissar in Sachen Mordkommision, fliege ich am 18.12. zurück. Klaus T. bleibt bis Ende Januar an Bord, seine Frau fliegt am 10.12. ein. Die beiden feiern Weihnachten und den Jahreswechsel in der Karibik und behüten die Yacht. Einen Seesack lasse ich auf der „Vela novia". Ende April 99 bin ich wieder an Bord, dann gehen wir, von Puerto Rico über die Bermudas, Azoren und den Englischen Kanal mit ausgedehnten „Landfällen", ca. 2 Monate sind geplant, zurück nach Deutschland.

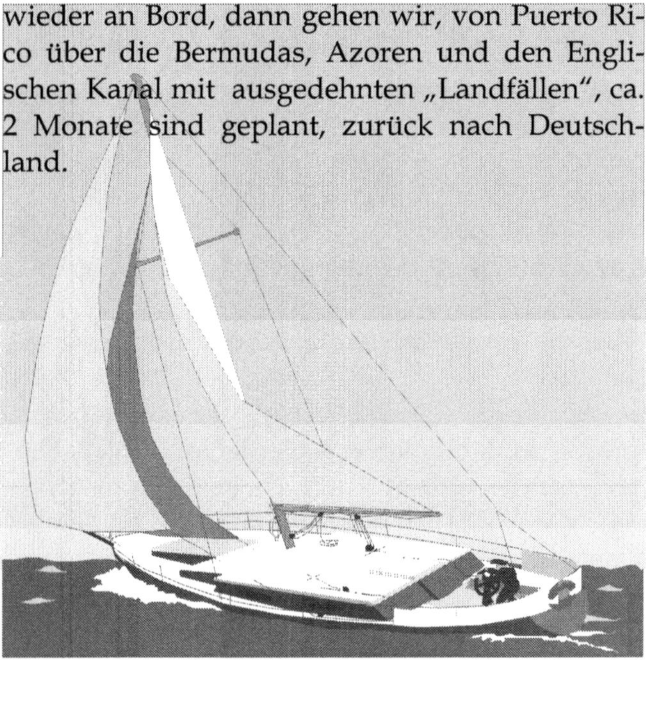

Briten und Franzosen stritten sich um ihren Besitz. 14mal wechselte der Besitzer, heute gehört *SL* zum Commonwealth, ist seit 1979 unabhängig.
Wir segeln dreimal von Nord nach Süd. Da sich der Ansteuerungsfehler vom ersten Landfall auch in anderen Buchten wiederholt und unser GPS-Standort auf unserer Karte vielfach an Land eingetragen werden müsste, geht Klaus T. der Sache noch mal „wissenschaftlich" auf den Grund. Ergebnis: Die Koordinaten unserer Seekarte stimmen nicht. Sie liegen um ca. 0,5 sm zu weit südwestlich. Ist die noch von Kolumbus? Nein. Ach ja, das Kartendatum ist mit dem GPS abzugleichen. Hat Klaus L. damit recht? 20.000 sm. gesegelt, aber diese Erfahrung ist neu. Also, Augen auf und bei Dunkelheit kein Landfall mehr!

Castries mit der Kathedrale und dem Wochenmarkt - kräftige Farben und exotische Düfte locken um die Wette. Marigot-Bay, Schauplatz unzähliger Hollywood-Klassiker und Walt Disneys „Dr. Doolittle". Soufrièr, wir ankern neben den zwei Pitons, (700 m hohe Vulkankegel, Wahrzeichen der Karibik) direkt vor der Hummingbird Beach Resort, mit einer Heckleine zur nächsten Palme gesichert. Der Soufrière-Krater, neben dem Weg blubbern übelriechende

Schwefelquellen, brodeln Schlammseen - eindrucksvolle Grüße aus den Tiefen der Erde. Ein Spaziergang durch den Regenwald im Regen, tropische Fauna mit ihrer Blütenpracht. Orchideen oder Kakteen, viele Pflanzen und Blüten, die in Gifhorn nur im Blumentopf und Wohnzimmer bei guter Pflege gedeihen, sind hier in vielfacher Größe einfach Teil des Regenwaldes. Bananen, Kakao, Pampelmusen, Zitrusfrüchte, Papayas, Mangos, Gewürze, etc., in diesem Wald verhungert niemand. Von Schlangen, Reptilien und Papageien habe ich nur im Reiseführer gelesen. Jeden Freitag feiert das Fischerdorf Gros Islet sein Straßenfest. Haushohe Verstärkeranlagen verbreiten einen Höllenlärm. Karibische Rhythmen bringen die Masse Mensch, (80% einheimisch-schwarz, 20% weiße Touristen) in Bewegung. Stunde um Stunde schaukeln sich nicht nur die Hüften rhytmisch auf. Bis fast zur Ekstase steigert sich der Tanz. Nur in den kurzen Musikpausen sind die Grasharven aus den Platanen zu hören. Kreolische Küche,.- ja, verry spicy. Ich bin in einer anderen Welt. Tropisch - exotisch. Die für Segler und Touristen abgeschirmten Bays und Hotelanlagen vermitteln „heile Welt". Postkarten und Werbeprospekte übertreiben nicht. Palmen, kristallklares türkisfarbenes Wasser und weiße Sandstrände sind real. Doch da ist noch die andere Seite: Gleich neben den gut gesicherten Touristenhotels, mehr noch in weniger touristisch erschlossenen Gebieten: Slums und bittere Armut. Heerscharen junger schwarzer Männer, arbeitslos, hängen herum und nehmen jeden Touristen mit der kleinen Chance war, ein paar EC-$ zu verdienen. Ein kurzes Gespräch und du hast einen neuen Freund. Das summiert sich. I remember you!  Sozialhilfe ist hier unbekannt. In Strandnähe herrliche Villen, massiv umzäunt, mit Flutlicht und Schäferhunden bewacht. Nein, dieser Kontrast wird mir immer unerträglicher, Dirk empfindet ebenso. Erstaunlich: Wo wir Trostlosigkeit registrieren, begegnet uns ein Menschenschlag, der wie es scheint die Lebenslust erfunden hat. Paradox, - aber tröstlich.

OK und Ade, Windward Islands. Ich freue mich nun auf Weihnachten
-und den zentraleuropäischen Winter.

Timetable

| Start | Ziel | Seemeilen | Zeit |
|---|---|---|---|
| 11.11.98 | 19.12.98 | Kielwasser: | 39 Tage |
| Puerto Mogan | RodnayBay/ Karibik | 2873 | 20 Tage |
| St.Lucia | Hoch und runter | 130 | 1 Tag |
| Segelzeit | Canaren-St. Lucia | 3003 | 21 Tage |
| | | | =143 sm/ Tag |

**Atlantik turn back.**

Die schwarze Lady schaut verbindlicher aus einem der drei besetzten Glaskästen der Zollpassage im Flughafen San Juan als ihre zwei mänlichen Kollegen. Also entschließe ich mich hier zum Zweck der Einreise in Puerto Rico anzustehen. Die Maschine der MARTINAIR, von Amsterdam via Dom. Rep. kommend, landet um 20.30 Uhr Ortszeit. In Deutschland ist es jetzt 02.30 Uhr. Ich bin seit 20 Stunden unterwegs. Der Flug in der nicht voll besetzten Maschine war ok. Puerto Rico, die kleinste und östlichste Insel der Großen Antillen, gehört zur USA. Zoll und Einreisebestimmungen sind denen der USA gleich. Da ich kein „Return-ticket" besitze, will ich meine Wiederausreise mit einem selbst verfassten, vom Eigner unterschriebenen Statement glaubhaft machen. Nicht unproblematisch, wird mir beim Einchecken in Hannover prophezeit. Doch der schwarzen Lady ist es genug. Als sie lächelnd fragt „How many days will you sail to Germany" und mir die Papiere zurückschiebt, weiss ich, dass die erste Hürde genommen ist. „About two months", antworte ich. „Have a good trip!" Dankend strebe ich schon der Gepäckkontrolle zu. Die Einfuhr von Nahrungsmittel ist strikt verboten und noch vor der Landung werden die Passagiere aufgefordert, diese in den nächsten Abfalleimer zu werfen. 30 Päckchen Trockenhefe aber werden an Bord dringend gebraucht, waren in der Karibik nicht aufzutreiben. In meinen (neuen) Gummistiefeln verwahrt, bleiben sie beim Röntgen unerkannt. Outside nimmt mich bei Dunkelheit und gemäßigtem Karibikklima Klaus L. in Empfang. Schon fühle ich mich gar nicht mehr fremd. Der Taxifahrer chauffiert uns mit dem Cadillac, bei Benzinpreisen von 60 Pfg. kommt es auf ein paar Liter mehr nicht an, zur Marina. Spricht man ihn englisch an, antwortet er -stolz wie ein Spanier- spanisch. Sicher Nachwirkungen der 400 Jahre langen spanischen Zugehörigkeit vor 1898. Puerto Rico ist zweisprachig. Die große Mehrheit der Puertoricaner ist zwar für die enge wirtschaftliche Bindung an die USA. Kulturell hat das Land aber mehr mit Venezuela, Dom. Rep. oder Kuba gemein. Das Fastfood Restaurant in der Marina bietet für 10 Dollar: Büfettessen mit reichlich Auswahl, davon wird noch Gebrauch gemacht.

An Bord sind nun wieder dreimal Klaus (sh. mein Bericht: Barfuß über...), aber kein Grund für Klaustophorie. Neu für mich ist „Fred" aus Thüringen. Als Elektro- und Maschinenbau-Ingenieur, mit reichlich Improvisationsgeschick (DDR-Notwendigkeit) befähigt, ist Fred sehr hilfreich für den Reperaturfall und natürlich auch für die Pflege und Vorsorge. Natürlich bildet er mit Klaus T. das „Elektrogremium", das quasi täglich meist wichtige stromführende Entscheidungen zu treffen und, mangels Masse, auch gleich selbst umzusetzen hat. Seine offizielle Funktion an Bord ist: segelnder Smutje (Der Koch ist Kapitän). Als es mir erstmals gelingt eine Abwäsche zu übernehmen, wird mir Durchsetzungskraft gegenüber Fred vom Rest der Crew bescheinigt. So ermuntert, schaffe ich es auch wenigstens ein-, zweimal in sieben Wochen, zu kochen. Mit Begeisterung und allen Lizenzen ausgestattet, betreibt Fred Amateurfunk und hält so täglich Kontakt (auch zu Wetterfröschen) in der ganzen Welt. Wieder normal hören können, wäre Freds grösster Wunsch, denn seit einigen Jahren ist er zu 100% taub. Nur mit Hilfe modernster, in seinen Kopf implantierter elektronischer Technik kann Fred Sprache verstehen. Die Hörtechnik ist ausschaltbar und dann, oder auch wenn die Batterien im Brustbeutel leer sind, herrscht für Fred absolute Stille.

Theoretisch könnte er dann auch ungestört auf der Maschine schlafen.

## *Island-Hopping*

Die Dreimann-Crew hüpft schon seit fünf Wochen von St. Lucia kommend von Insel zu Insel nordwärts. Der Drang zurück nach Deutschland ist spürbar. Klaus T. will auf den Azoren aussteigen, neue Jobs winken dem Manager. Der Eigner Klaus L. spricht nach Inmarsat-Gesprächen häufig von seinen Enkelkindern, die schon Bilder für ihn gemalt haben, weil Opa ja sicher viele Geschenke mitbringt. Nur Fred läuft auf seiner Wache am liebsten rückwärts, damit dieser Törn nie zu Ende geht. Noch ein Spaziergang durch San Juan, einmal noch karibische Freundlichkeit und Gelassenheit genießen. Allerdings: In den Außenbezirken sind Fußgänger nicht vorgesehen. Achtspurige Straßen lebend zu überqueren, setzt wieselflinke Fitness voraus. Der Atlantik scheint mir sicherer. Auf Puerto Rico wird genau soviel Benzin verfahre wie auf allen anderen Karibikinseln zusammen. Amerika lässt grüßen!

Größe und Lage des Bermuda-Dreieck ist nicht genau definiert. Irgendwo zwischen Florida - Puerto Rico - Bermuda und den Azoren befindet sich dieser Bereich, um den sich Legenden, Seemannslatein und Gruselgeschichten ranken. Mysteriöse Unfälle, von denen schon die spanische Silberflotte getroffen wurde. Auf dem Meeresboden liegt eine ganze Armada von Schatz-, Handels- und modernen Passagierschiffen, Kriegsmaterial und Flugzeugen in einer geheimnisvollen Unterwasserwelt. Über 1000 Menschen verloren hier in diesem Jahrhundert ihr Leben. Für die nächsten Wochen ist dies unser Fahrgebiet.

20. April 99, 12.30 Uhr. Wir legen ab, queren den Puerto-Rico-Graben auf 20°N 65°W.

Die Seekarte weist Seamountain mit Straßen und Kuppelbauten auf dem Grund des Meeres, mit Sprüngen von 366 über 4642 bis 9219 m Wassertiefe (die größte Tiefe im Atlantik) unter uns. Nein, die Bilge ist staubtrocken, die Rettungsmittel sind durchgecheckt und die See zeigt keine Besonderheiten, und überhaupt gefährlich wird es doch eher unterhalb einer Hand breit Wasser unter dem Kiel, oder?

Kursziel: 5° über Grund und zunächst frischer Wind aus Ost beschert uns bei 70-80° Windeinfallwinkel Etmale von über 190 sm.

Die „Vela novia“ gleitet unter voll gesetzter Normalbesegelung fast lautlos durch die lange weiche kristallblaue Atlantikwelle. Ein beglückendes Feeling. Nach vier Tagen haben wir schon 716 der insgesamt 845 sm nach Bermuda zurückgelegt. Der Wind dreht und dreht, fast einmal um die Kompassrose über S auf SW, W, NW, kommt noch vorlicher und schließlich aus Nord. Wir müssen gegenan. Abends kündigt sich durch Wetterleuchten und bedrohlich schwarze Gewitterwolken der im Wetterfax vorhergesagte Thunderstorm an. Blitz und Donner, eine Kaltfront, vom Labradorstrom gespeist, zieht über uns. Ein kalter Regenguss, igitt wie ungewohnt. Gerade noch von der Leichtigkeit des Segelns in hellblauer See über lange Atlantikdünung gleitend verwöhnt, ist plötzlich Offshore-Kleidung angesagt. Schade, mit meiner kleinen Kamera kann ich den von Blitzen überzogenen Himmel nicht einfangen, die Automatik ist zu langsam. Auch die Videokamera nimmt, von der letzten Salzwasserduche geschockt, noch eine Auszeit. Es ist 22.00 Uhr, in vier Stunden habe ich wieder Wache, es wird Zeit für die Koje.

Auch unter Deck ist das Leben verändert. Der Lärm ist apokalyptisch. Das Knarren der Schoten und das mahlende Geräusch der Winschen vermengt sich mit dem lauten Krachen, das entsteht, wenn der Rumpf sich im Takt der Wellen aufgeschaukelt hat und nun in das nächste Wellental knallt. Anschließend entspannt sich die Riggbelastung durch Schwingungen im gesamten Bootskörper. In der Koje mit dem Ohr dicht an der Außenhaut kommt noch das gurgelnde Rauschen der vom Rumpf verdrängten See dazu, das mit jedem Knoten mehr Speed noch lauter wird. Trotzdem, wenn es bei diesen Verhältnissen in dunkler Nacht kalt, nass und ungemütlich ist, freut man sich nach zwei Stunden Einmannwache auf die entspannte Waagerechte unter warmer Bettdecke. Eine Mütze Schlaf stellt sich, je nach Müdigkeitsgrad, auch bei erheblichem Lärm ein. Im Gegenteil, hin und wieder habe ich die nachfolgende Wache wecken müssen bei Lärmverhältnissen, die den Ton der lauten Weckuhr übertönten und deshalb vom ovopaxversiegelten Schläfer nicht gehört werden. Das Durchhaltevermögen wird auf eine harte Probe gestellt, doch das ist Alltag (und das Salz in der Suppe) eines jeden Ozeanseglers. Fred hat gut Lachen, Lärm kann er abschalten, und da das Gleichgewichtsempfinden im Mittelohr als Folge seiner Taubheit nicht funktioniert, kennt er keine Seekrankheit, aber das sei ihm herzlich gegönnt. Ich werde heute Nacht vor Beginn meiner Wache geweckt. Klaus T. ärgert und wundert sich. Trotz 7 kn. Speed nach Logge fahren wir lt. GPS auf Backbordbug rückwärts. Ja, vor dem VMG steht ein Minus, ich kann seine Feststellung nur bestätigen. Über die Ursache wird spekuliert. Ist es übermäßige Strömung? Die falsche Instrumentenanzeige, die in die Berechnung eingeht? Oder Störungen im Gravitationsfeld (Bermuda-Dreieck)? Auf Steuerbordbug sieht die Sache schon besser aus, doch während der Nacht nehmen wir noch die Maschine hinzu. Sonntag früh vertreibt die Sonne den Spuk der Nacht.

Wir nähern uns Bermuda (St. George) von S-SW. Die Bermudas sind eine britische Kronkolonie mit Selbstverwaltungsrecht. Die einzigen Bereiche, für die Großbritannien zuständig ist, sind innere Sicherheit und Landesverteidigung. Um 15.30 Uhr bittet Klaus L. Bermuda Harbour Radio über Kanal 16 um Passage des Town Cut Channel. Eine Flut von Fragen ist zu beantworten (bis hin zur Farbe des Bootes und Fabrikat der Rettungsinsel). Endlich, nach einigen Warteschleifen, erhalten wir grünes Licht für die Passage des engen Kanals, mit der Maßgabe, beim Zollanleger alle Formalitäten zu erledigen. Gesagt, getan. Der Zollbeamte in Form einer schwarzen Lady kommt an Bord. Freundlich und routiniert stellt sie noch einmal viele Fragen. Wie sollen wir glaubhaft erklären, dass der Vorname Klaus in Germany gar nicht so häufig ist? Nervig, doch als sie auf meine vorsichtige Frage, ob ich sie filmen darf, auffordernd lächelnd zur Kamera blickt, kann sie nach meinem Geschmack gar nicht genug Fragen stellen. OK, die Lady schreitet von Bord, viele Hände bieten ihr Hilfe an. Sie wünscht uns eine schöne Zeit auf Bermuda und einen guten Törn nach Europa.
Der inzwischen auf einem Moped angebrauste im Ostfriesennerz verkleidete Herr ist nicht irgendein Angler, wie zunächst vermutet, nein, er stellt sich als Dockmaster vor. Nach dem woher

und wann wohin weist er uns einen Liegeplatz zu. Wir liegen im Dreierpäckchen außen. Neben uns ein Engländer und ein Neuseeländer, beide Jachten an die 70 Fuß lang. Überhaupt, eine 53 Fuß Jacht ist hier wie in der gesamten Karibik allenfalls Mittelmaß. Apropos Moped, um den privaten Autoverkehr in Grenzen zu halten, ist auf Bermuda per Haushalt nur ein Fahrzeug erlaubt. Mietwagen gibt es nicht. Dagegen Mopeds oder Motorroller. ( Wenn ich recht erinnere, 70 US$ /Tag Leihgebühr); doch ideal ist ein Dreitagesticket für „Public Transport" per Bus and Ferry für US$ 21. Die Bermudas bestehen aus 150 Inseln und sind von einem Korallenriff umgeben, das den Rand eines erloschenen Vulkans bildet! 150 Inseln: Unmerklich, denn viele dieser dicht nebeneinander liegenden Inseln sind durch Dämme miteinander verbunden. Drei Tage ist nun Bus- und Fährefahren angesagt. Mit Touristen aus aller Welt, mit Einheimischen schwarzer, weißer und gemischter Hautfarbe, mit vielen Schulkindern, Einheitstracht mit Schlips und weißem Kragen: Chic! Immer unterwegs. Angenehm: Mit britischer Diziplin und vor allem gegenseitiger Rücksichtnahme (gar nicht unterkühlt) lässt sich gut reisen. Auch bei größerer Nachfrage kein Gedränge, keiner will der Erste sein. Beim Aussteigen bedankt sich der Fahrgast beim Busfahrer (dessen Name angezeigt wird) und dieser grüßt freundlich zurück! Drängelt ein Schulkind, sorgt der Busfahrer dezent, aber wirkungsvoll für Ordnung. Bermuda - „steuerfrei“ - lebt vom Tourismus, vom Tourismus, vom Tourismus und vom Fischfang. Es gibt viel Entstehungs-, Entdeckungs- und Besitzverteidigungsgeschichte, Sehenswürdigkeit der Vergangenheit. Die Fassaden, Vorgärten und Parks in Dörfern und Städten sind wie vom Zuckerbäcker herausgeputzt. Die schönsten Strände der Welt, angespült vom kristallklaren warmen Atlantik und ein nicht nur für den Mitteleuropäer ideales Klima. Wenn Golfer sterben, kommen sie nicht in den Himmel, sondern auf die Bermudas, aber nur, wenn sie sehr gut waren. Hier findet man die meisten Golflöcher pro Quadratkilometer weltweit. Auf den Plätzen besteht die Hauptschwierigkeit darin, sich nicht von den atemberaubend schönen Ausblicken ablenken zu lassen. Hier weilen die Reichen dieser Welt. Ausgezeichnete Restaurants verwöhnen den Gast. Ein Bier kostet DM 10, - . Sorry, Erbsenzähler sind hier wirklich fehl am Platz. Unseren Dockmaster treffen wir in Hamilton (Bermudas Hauptstadt). Er empfiehlt die Wednesday stattfindende Parade in der Front Street: Militär- und Dudelsackkapelle, Marschmusik, Säbeltanz und Zapfenstreich, ein Hang zur Vergangenheit, ein bisschen Schützenfest. Die zahlreichen Zuschauer staunen artig, amüsieren sich und aplaudieren. Um 23 Uh fährt der letzte Bus, um 24 Uhr läuft, wie passend, unser Dreitagesticket ab.

Das Wetter ist, was die Windrichtung anlangt, gegen uns. Wir verschieben den Start Richtung Azoren. Wetterkarten und Wetterberichte haben erste Priorität. Am nächsten Morgen ist kein Halten mehr. Der Wind kommt etwas südlicher und soll weiter drehen. Auch unsere Nachbarlieger signalisieren Aufbruch. Die Verlässlichkeit der „Vela novia" und die Vertrautheit mit ihr, der Umgang der Crewmitglieder untereinander und deren Leistungsvermögen sind jetzt jedem von uns offenbar und stimmen zuversichtlich. Die unterschwellige Angst vor der bevorstehenden Ozeanpassage wird nicht mehr als bedrohlich empfunden. Im Gegenteil, die Lust (auf Alltag) wieder auf See zu sein, überwiegt. Ich freue mich auf die größte Distanz dieses Törns. On watch- standby- and off watch, Verpflichtung und Verantwortung einerseits, Unabhängigkeit, Freiheit und Abenteuer andererseits, ist es diese Mischung, die seesüchtig macht? Das Wechselspiel von Wind und Wolken, die vielfältigen Gesichter der See faszinieren. Heute: Das Blau des Meeres wetteifert mit dem des Himmels, nachts zieht der Sternenhimmel den Beobachter in seinen Bann. Sonne und Mond kommen und gehen mit beruhigender Beharrlichkeit. Federwolken und gewaltige Cumulus bereichern den Ausblick. Und morgen: Monotones Grau um dich herum, der Himmel, die See und das Deck

scheinen eine Farbe (Nichtfarbe) zu haben, lassen dich stoisch arbeiten. Feuchtigkeit und Kälte durchdringt die Kleidung. Du nimmst hin, was das Meer dir gibt, wähnst dich in einem Schwarzweiß-Film. Nur die signalfarbene Offshore-Kleidung bringt etwas künstliche Farbe ins Bild. Auf deiner Wache zwischen 4 und 6 Uhr, als die Dunkelheit der pechschwarzen Nacht langsam weicht, gaukeln gespenstisch schwarzgraue Wolkenfomationen auf dem Horizont Landnähe vor. Doch dank GPS kennst du deine Position genau und weißt, dass das nächste Land frühestens in 10 Tagen erreicht wird. Treibt die Natur Schabernack mit dir? Nein, warum sollte sie? Es ist deine Phantasie, soweit entfernt von Land und Hilfe, den Naturgewalten völlig ausgesetzt, fühlst du dich für einen Moment klein und allein. Dir wird klar, hier bist du allenfalls Gast und gut beraten die Signale und Gesetze des Gastgebers wachsam zu beachten. Nur durch Anpassung hast du eine Chance in dieser manchmal so menschenfeindlichen Umgebung. Gegen den Strom - ist nicht. Du befindest dich in einer seit Jahrmillionen gleichen, nicht manipulierbaren „Landschaft".
Was sind da Tage, Wochen, ein Menschenleben? Hier bietet sich dir die Chance zur Selbstbesinnung. Aber Hallo, es geht ja weiter. Willkommen in der Wirklichkeit. Du bist permanent unterwegs, kommst voran ohne Hektik, doch mit großer Stetigkeit,

Tag und Nacht, ohne Unterlass. Die Distanzen, die wir mit 12-15 km/h zurücklegen, sind beachtlich.

## *Labskaus, nicht nur für Klaus*

Fred hat mit Hilfe von Klaus L. Labskaus in seine Speisekarte aufgenommen. Schon der erste Versuch überzeugt uns und vor allem auch Fred selbst. Dies ist besonders wichtig für eine Neuauflage, denn der Thüringer Hobbykoch zeichnet sich durch Verlässlichkeit aus und mutet uns keine Experimente zu. Zum Lunch werden wir mit süßen und sauren Salaten, Pfannkuchen oder Milchreis mit Zimt und Zucker verwöhnt. Zum Dinner liefern zwei Tiefkühltruhen Files und Steaks ohne Ende. Knusperige Brötchen zum Frühstück? Aus welch anderem Grund sollte ich 30 Päckchen Hefe geschmuggelt haben? Ham and eggs, nicht mein Teil, aber immer im Angebot. Und für den kleinen Hunger zwischendurch? Mal ein gemischtes Eis mit Obst, Papaya, Joghurt, Müsli, allerlei Obstsorten und nachts der süße Teller. Cappucino, nicht nur bei besonderen Leistungen und  zum Sundowner einen Ostfriesentee mit Keksen oder Schokolade. Über Nacht beim Wachwechsel noch zu zweit eine Tasse heißen Tee schlürfen und dabei nicht nur die wichtigen Informationen weitergeben, soviel Zeit muss sein.

Bei der Proviantaufnahme in diversen Yachthäfen sah ich häufig schon, wie er in gewaltigen Mengen im Bauch von „Sportyachten“ verstaut wurde. Doch hier an Bord der „Vela novia“ war er (auf Wunsch des Eigners) infolge seiner völligen Abwesenheit ein sinnvolles Sicherheitsmoment. Der Alkohol!
Trägt abwechselnd immer nur ein Mann der kleinen Crew auf seiner Wache Verantwortung für Mann und Maus, und dies Tag und Nacht, zum Teil wochenlang, ist kein Spielraum für Konzentrationsschwächen.

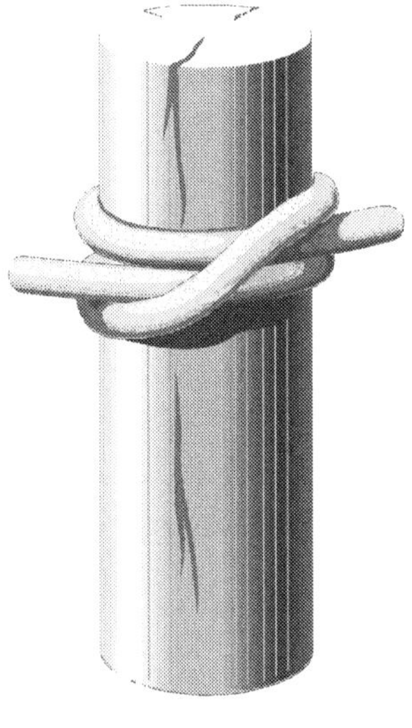

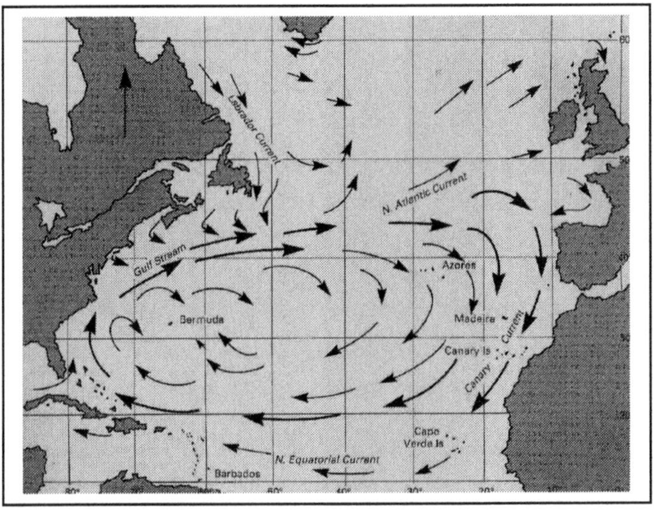


## *Atlantisches Karussell*

Zur richtigen Zeit am richtigen Ort zu sein und auf dem richtigen Kurs zu segeln, ist Voraussetzung für eine erfolgreiche Ozeanüberquerung. Der Nordatlantik ist wie ein gigantisches Karussell. Meeresströmungen und Wettersysteme drehen sich im Uhrzeigersinn. Beide haben ihr Zentrum westlich der Azoren. Die Landmassen Nordamerikas, das warme Wasser des Golfstroms und dessen Zusammentreffen mit dem kalten Labradorstrom bewirken instabile Verhältnisse in diesen Gebieten. Von Juni bis Mitte

November wüten in den Tropen, beginnend im Bereich der Kapverden, Wirbelstürme (Hurrikans), die westwärts über den Atlantik ziehen und unvorhersehbar auf die gesamte Karibik, Bahamas, Bermuda und die Ostküste Amerikas treffen. Von Nordeuropa im Sommer oder frühen Herbst Kurs Süd, auf Madeira oder den Kanaren bis November - Dezember warten, dann mit dem Passat via Kapverden Kurs West in die Karibik. Im späten Frühjahr startet man von den Westindischen Inseln mit Kurs Nord, um dann auf Höhe Bermuda nach Osten abzusetzen. So segelt man über den Atlantik. Nach diesem Kurs und Timing sind auch wir unterwegs.

Yachten auf Westkurs in nördlichen Breiten müssen entweder weit nördlich stehen und ihre Nase in wahrscheinlich harten Wind stecken oder mit der Hoffnung auf leichteren Wind weiter südlich bleiben, dafür aber mit der Gewissheit, gegen den Strom viele Meilen zu verlieren.

Das Bleigewicht der auf Bermuda erstandenen Erstausstattung der Angel habe ich so getrimmt, dass es durch die Wasserströmung nach unten gezogen wird, nun zieht der nachgeschleppte Köder gut 100% tiefer, also ca. 2 m unter der Meeresoberfläche. Klaus L. hilft noch beim Ausbringen der 100 m Schnur und schon stellt sich Anglerglück ein. Es kostet mich einige Überwindung, den wunderschönen Thunfisch über den Relingsdraht zu hieven, doch später beim Genuß desselben richten sich unsere Gedanken schon auf den nächsten Fang. Aber jeden Tag Fisch? Nein, das verwöhnt zu sehr. Ich verkünde, nur jeden zweiten Tag zu angeln. Elf Tage später weiß ich, dass die Anfangseuphorie unbegründet war. Bis dahin mochte kein Fisch mehr beißen. Die nachgelesenen Erfahrungswerte von Boby (Schenk), alle fünf Tage ein Erfolg, relativieren die Schmach.

Gar nicht satt sehen können wir uns jedoch an den immer wieder mit hohen Luftsprüngen auf uns zueilenden Delphinfamilien und den schwarz-weißen Orka-Walen, die elegant den Bug umkurven und uns jeweils ein paar Meilen begleiten. Selbst bei Nacht sind sie durch phosphorizierende Schwimmspuren und ihr Gefiepe nicht zu übersehen/hören. Ihr Interesse, mit uns zu schwimmen, ist offensichtlich rein sportlicher

Natur, stoppen wir die Fahrt, drehen sie gelangweilt ab. Potwale sehen wir leider nicht, können diese nur einigemal auf dem Radarbild vermuten.

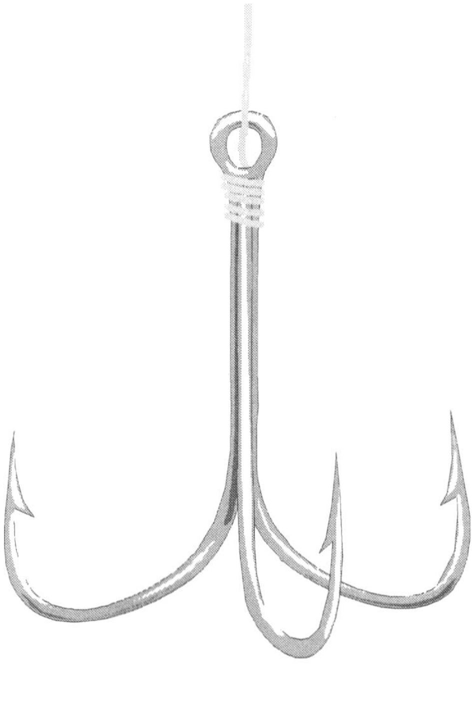

Aus den 1820 sm Luftlinie von Bermuda nach Horta (Azoren) werden 2100, da wir nicht immer anliegen können. Wind und Wetter sind wechselhaft. Ab 7 gegenan schläft Klaus T im Salon, im Vorschiff ist es zu ungemütlich (Schiffschaukel). Doch drei Tage am Stück zu motoren, mangels Wind, nervt mehr. Not macht erfinderisch Bei wahrem Wind raumschots durch leichte Motorfahrt und damit höherem Fahrtwind auch den scheinbaren Wind zu erhöhen und dann mit voller Besegelung voll und bei zu laufen, sprich: weniger Maschine bei mindestens gleicher Geschwindigkeit? Experimente, deren Nutzen nicht von allen Crewmitgliedern so gesehen wird. Schade, andererseits ist ein Vorteil auch nicht eindeutig nachweisbar. Bei Flaute wird motort. Die Tankanzeige geht bedenklich gegen null. Aber da sind ja noch 300 l im Reservetank, also umpumpen, weil der Generator gerade läuft. Und dann gleich mal die Maschine starten. Nach wenigen Minuten stirbt der Motor ab. Verdutzte Gesichter, ich flachse: Da ist wohl Wasser im Diesel, ohne im entferntesten daran

Klaus Lachmund
Jochen Billeriss
Klaus Momberg

zu glauben. Auf diesem Schiff gibt es doch keine maroden Tankdeckel wie auf der „Salto"! Doch das Unwahrscheinliche ist wahr. Zum Glück hat der Haupttank an tiefster Stelle eine Handpumpe und die Maschine hat zwei umschaltbare Filter/Wasserabscheider. Hiermit, gepaart mit der „Salto-Methode", schaffen wir in beigedrehtem Zustand wieder zündfähigen Treibstoff. Insgesamt werden wohl 10 l Wasser extrahiert. Der über viele Wochen leere Reservetank hatte in der Karibik offenbar zuviel Schwitzwasser produziert. Verdammt, die Schleppangel? Oh, jetzt hängen nur noch Fetzen der Schnur über der Reling. Schön, diesen Job bin ich los.

Der Wind lässt nach und kommt genau von vorn. Die letzten 80 sm laufen wir unter Maschine. Es ist schon fast dunkel, aber die Ansteuerung ist einfach und schließlich waren Klaus T. und ich vor einem Jahr schon einmal hier und kennen die Örtlichkeit. Am 13. Mai (Himmelfahrt) gehen um 22.30 Uhr in Horta auf Faial vor der Tankstelle die Leinen fest. Für einen Drink bei Peter sind wir natürlich nicht zu müde. Fred brennt schon auf die Briefpost, die hier auf ihn wartet. Ach ja Marion.

Wir sind auf dem westlichsten Außenposten Europas, mitten im Atlantik. Hier spricht man portugiesisch. Alle wichtigen Wege und Adressen habe ich vom letzten Jahr noch parat. Abgesehen davon fühlt man sich als Europäer hier heimischer. Die Azoren, Wetterküche Europas, dehnen sich, mit neun kleinen Punkten, etwa 650 km in Ost-West und 350 km von Nord nach Süd aus. Als Erhebung auf dem Mittelatlantischen Gebirgsrücken ragen die Inseln aus dem Meer. In diesem geologisch sehr aktiven Bereich treffen die afrikanische, die eurasische und die

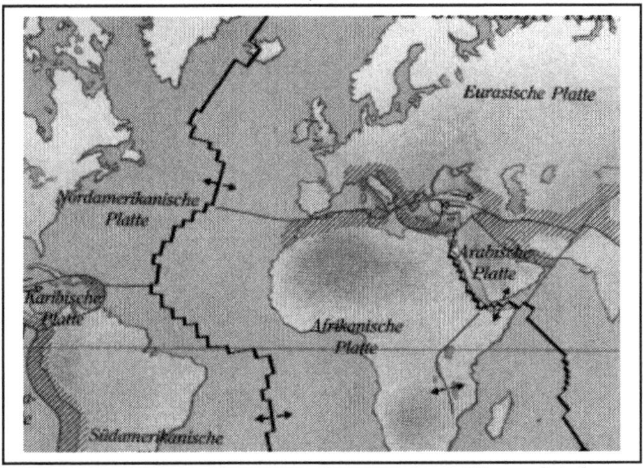


amerikanische Platte aufeinander. Verschiebungen der Erdplatten sorgten in der Vergangenheit dafür, dass die Erdkruste immer wieder aufbrach und Magma hervorquoll.

Im Laufe der Jahrmillionen bildete sich so ein submarines Vulkangebirge, dessen Spitze die Azoren darstellt. Die älteste Insel ist etwa 14 Millionen, die jüngste 200 Tsd. Jahre alt. Die letzten großen Erdbeben ereigneten sich 1980 und 1998. Der letzte Vulkanausbruch fand 1957 dort statt, wo wir uns gerade befinden. Mit dem preiswerten Mietwagen erkunden wir die Insel. Große Lavafelder, Spitzvulkane, abgetragene Rumpfkegel und Schwefelquellen, sind wir noch auf „Mutter Erde"? Jeder Schritt wird behutsam ausgeführt, damit es nicht so staubt in diesem verbrannten Teil der Insel. Plötzlich naht eine Enduro mit beachtlichem Getöse. Der Fahrer schnellt sozusagen querbeet durch jede Mulde über jede Erhebung bergauf und zieht eine riesige Staubwolke hinter sich her. Der hat Spaß, aber Fred meint: Selbst der größte Tunichtgut hat noch seinen Wert als „abschreckendes Beispiel". Klaus T. hat gestern abend vor seinem heutigen „Lafontaine" noch ein Abschiedsessen in unserem Stammlokal spendiert. Heute morgen habe ich ihn zu dem kleinen Flughafen gebracht, mit der (flugplanmäßig) unvermeidbaren Übernachtung in Lissabon fliegt er in die Heimat zurück. An das Landleben wird er sich noch gewöhnen müssen. Gegenseitige Wünsche, sicher sehen wir uns noch mal.

OK, irgendwann ist für jeden der Törn vorbei. Erst an Land, nach und nach kann ich die vielen Eindrücke und Erlebnisse aufarbeiten.

Ideal ist dabei das Schreiben dieses Berichtes. Immer wieder ertappe ich mich aber dabei, gedanklich noch auf Törn zu sein. Doch heute, am Sonntag den 16.Mai, fahren wir ca. 1000 m hoch auf den verloschenen Caldeira mitten auf der Insel. Dieser Kratereinbruch hat einen Durchmesser von 2000 m, ca. 400 m hoch aufragende Kraterwände innen und sanft abfallende Außenseiten, die von zahlreichen Erosionsrinnen gekennzeichnet sind. Der Trampelpfad auf dem Kraterrand und der ungewöhnliche Ausblick in den Krater über die ganze Insel und hinüber zum Pico, Sào Jorge locken zu einem kleinen Spaziergang. Wir gehen einfach los, unterwegs im Gänsemarsch wird es richtig spannend, denn der Kraterrand ist auf der Nordseite mehrfach abgebrochen und abgerutscht. In Teilbereichen klaffen zentimeterbreite Risse und man ist bemüht, entweder gar nicht auf die äußere Seite oder, wenn unvermeidbar, nur federleicht und blitzschnell aufzutreten um nicht wohl noch mit einem Erdrutsch nach unten zu verschwinden. Für eine halbe Stunde hüllt uns die hier typische dichte, von Nordost heraufgleitende Wolke ein. Es wird feuchter und kälter, unser Blick verengt sich auf den schmalen Pfad vor den Füßen. Nach ca. drei Stunden zeigen Hortensienhecken an, dass wir dem Ausgangspunkt nahe sind. Fred meistert auch diese Prüfung trotz seiner Behinderung.

Auf gut asphaltierten Straßen, durch Mischwälder mit Fichten und Zedern, die mit Wacholder, Farnen und Moosen bewachsen sind, kehren wir zurück an Bord. Ergo, auch an Land kann es abenteuerlich sein.

### *Guiseppe und Susanne*

Wir liegen wieder im Dreierpäckchen, außen liegt Guiseppe, ein Spanier aus Mallorca, ebenfalls mit einer HR 53. Guiseppe ist einhand unterwegs, er kommt auch aus der Karibik und ist nur hier, weil sein Autopilot streikt, ansonsten wollte er direkt Mallorca anlaufen. Seine Therapie gegen den Alltagsstress ist, eben mal einhand über den Ozean zu segeln. Innen zum Hafendamm liegt eine Baltic 51. Susanne, die Skipperin der Charteryacht vom Skipperteam, ist schon das dritte Mal hier und empfiehlt als Abwechslung zum Dinner heute Abend das Lokal, in dem der Gast mit Hilfe eines heißen Steins seine Files selbst gart. Der Tipp war ok, Fred wollte gleich den Stein mitkaufen. Susanne liebt lange Distanzen. Sie ist direkt von San Juan herübergesegelt und hat nun ein paar Tage für sich, bevor sie mit der neuen Crew ebenfalls durch den Englischen Kanal nach Emden weitergeht. Hans (mit dem ich letztes Jahr 10 Wochen auf der „Salto" unterwegs war) ist als Skipper und Kollege von

Susanne mit einer HR 36 von San Juan hierher unterwegs. Hans ist überfällig. Er hat Puerto Rico drei Tage vor Susanne verlassen, die schon drei Tage hier ist. Wir machen uns Sorgen.

Weil es Spaß macht und um der Tradition und dem Aberglauben gerecht zu werden (wer`s nicht tut, erleidet ein Unglück auf See), male ich auf die Hafenmauer noch ein Bild:

## *Na endlich Hans*

Die Wind- und Wetterprognose für die nächsten Tage ist gut. Noch 60 Brötchen für die Kühltruhe, bei 9 Pfg./Stck kann „Freds Backstube" nicht konkurrieren. Stau an der Tankstelle, die selber betankt werden muss. Endlich, um 11.30 Uhr am 18.Mai, laufen wir aus. Noch während Festmacher und Fender verstaut werden, nein, ja, tatsächlich. Ich traue meinen Augen nicht, Hans kommt uns mit seiner „Fair Winds" entgegen. Warum nicht 15 min. eher? Schade, wir können uns nur noch zuwinken. Aber ok, er ist da. Über Details kann man in Deutschland reden, wenn er aus Bergen/Norwegen zurück ist. Südwind 5-6 d.h. voll speed raumschots.

Wir nutzen die seltene Gelegenheit für Privatrennen bei Ozeanüberquerungen und kassieren den vor uns segelnden Holländer. Ilha do Pico und Ilha de Sào Jorge sorgen kurzfristig für Windabdeckung und Verwirbelung, deshalb lassen wir Graciosa backbord. Unser nächstes Ziel ist die Kanalinsel Guernsey. Drei Mann in einem Boot, die Wachzeit verlängert sich. Nach knapp acht Tagen wissen wir: Auch das ist, bei moderaten Wetterverhältnissen, kein Problem. Entsprechend den Windvorhersagen setzen wir zunächst, etwas südlicher als den direkten Kurs, auf Cap Finisterre ab.

## *Etliche Etmale*

Mit 201,5 sm erreichen wir am ersten Tag nach Faial unser bestes Etmal auf dem Atlantik überhaupt, obwohl der Strom nicht immer mit uns ist. Hohe Etmale sind aber keineswegs ein Leistungsnachweis für seglerisches Können oder harten Einsatz von Schiff und Mannschaft. Die größten Etmale fallen auf angenehm zu segelnden Kursen von „voll und bei" bis „raum" an. So mancher Segeltag, „Kurs gegenan", an dem Mensch und Material hart beansprucht werden, ergibt Etmale unter 100 nm, vom VMG (Velocity Made Good) gar nicht zu reden. Der Wind wird schwächer, Gelegenheit den auf St. Lucia reparierten Blister zu setzen. Oh schön, alle Bewegungen werden weicher. Es ist erstaunlich, wieviel Ruhe ein elastisch fixiertes leichtes Tuch ins Schiff bringt. Auch in der Koje ist es dann sehr angenehm. Donnerstag Nacht, 21.Mai. 01.30 Uhr: Wenn Fred um Hilfe bittet, ist sie nötig. Der Blister schwimmt wieder außenbords. Das Fall ist (im Mast!) gebrochen. Wir öffnen das Groß, um Fahrt aus dem Schiff zu nehmen, und hieven das Tuch wieder an Deck. Der Wind hat etwas zugelegt, so dass wir auch mit Genua und Groß gut zurechtkommen. Zwei Tage später kämpfen wir wieder mit Schwachwind. Ja, der Blister wäre jetzt hilfreich. Aber das Fockfall können wir nicht verwenden, weil es aus noch unbekannten Gründen mitsamt der Fock nicht zu fieren ist. Gut vorbereitet gehe ich in den Mast um an höchster Stelle einen Patentblock mit Ersatzfall einzuklinken. Die Aktion muß schnell ausgeführt werden, in 25 m Höhe werden auch moderate Schiffsbewegungen zu grober Schaukelei. Alles andere als ein Traumjob, doch es gelingt und ich weiß nun, dass wir die Rollgenua erst nach Reparatur im Top wieder runterkriegen, also im nächsten Hafen. Doch aus- und einrollen kann man sie ja noch.

Die zweite Seeschwalbe, die es sich innerhalb von drei Tagen bei uns an Bord bequem macht, sitzt, als ich nachts Fred ablöse, hinter dem Steuerstand. Doch auch sie müssen wir, wie die erste, nach kurzer Zeit seebestatten. Ganz ungewöhnlich war die Zutraulichkeit dieser kleinen Geschöpfe, die das ganze Schiff inspizierten und auch auf Hand und Arm hüpften, aber kein Futter annahmen. War es Erschöpfung oder Altersschwäche? I dont know. Wir kommen dem Festland näher. Der Verkehr auf See nimmt zu. Nachts machen Fischer mit unvorhersehbaren Zickzack-Kursen auf sich aufmerksam. Vor den Azoren begegnete uns noch ein Nato-Truppenverband: Kriegsschiffe unterschiedlicher Nationalität mit Kurs West, ein Bordhubschrauber grüßte mit einem „threesixty". Eine schöne Abwechslung nach vielen Tagen ohne jede Schiffsbegegnung. Doch nun, Ile D`Quessant kommt in Sicht. Unser erstes Fahrttrennungsgebiet vor Europas Küste. Hier strömt der gesamte Schiffsverkehr in und vor allem aus dem Englischen Kanal. 500 Schiffe täglich. Jetzt sind wir es, die mit bedacht Zickzack fahren und der Großschiffahrt beim Queren bestmöglich Raum geben, bis wir die für uns reservierte Küstenverkehrszone erreicht haben. GPS hin, Kartenplotter her - es ist auch mal wieder interessant Landmarken mit dem Peilkompass zu identifizieren.

Am 26.Mai laufen wir gegen die aufgehende Sonne Richtung Guernsey und später direkt am monumentalen Castle Cornet in den Haupthafen der Kanalinsel St. Peter Port. Viele Segler kommen uns entgegen, beginnen ihren Tagestörn. 07.30 hr am, wir passen gerade noch an den Anleger der Tankstelle. Der Tankwart kommt in einer halben Stunde und tauscht, gar nicht so selbstverständlich, auch die stark angerostete Gasflasche, die wir vorsichtshalber mit einer Plastiktüte umhüllt haben. Korrosion durch Salz ist ein echtes Problem dieser blauen Propangasflaschen. Häufig genug wurde der Tausch abgelehnt, obwohl es ja eigentlich nur Leihflaschen sind. Der Hafenmeister hat uns schon erspäht und hinterlässt ein Meldeformular, das Klaus L. später im Hafenbereich in einen dafür vorgesehenen Briefkasten wirft. Der an der Kaimauer installierte Schwimmsteg der Tankstelle, für 7 m Tidenhub, steht gerade auf 4,30 m. Beim Tanken läuft jedesmal das gleiche Zeremoniell ab: Ein Mann an der Zapfsäule ruft in Abständen die getankte Menge zu, ein Mann im Schiff beobachtet konzentriert den durchsichtigen Füllschlauch um im Fall von Rückstau durch Zuruf den Finger am Zapfhahn des dritten Mannes zu deaktivieren. Auf diese Weise, O-ton des Eigners, ist noch nie ein Tropfen daneben gegangen!

Nomen est omen: Albert Marina, Victoria Marina, Queen Elizabeth II Marina. Die Kanalinseln sind zwar Eigentum der Krone, aber unabhängige Staaten mit eigenen Gesetzen, eigener Verwaltung, eigenem Geld und im Fall Guernsey sogar mit eigenen Briefmarken. Den Bewohnern wird nachgesagt: Sie sprechen englisch, beten französisch und fluchen normannisch. Eine unübersehbare Anzahl von Yachten wird hier kommerziell verwaltet. Die meisten Schiffe scheinen über längere Zeiträume unberührt dazuliegen. Mehr oder weniger ein „Yachtfriedhof" in einem Steuer-paradies und einem Hafen, der im wesentlichen schon 1865 so wie heute aussah. Um flexibel zu sein, bleiben wir im Außenhafen am Schwimm-steg. Mit dem Schlauchboot sind es nur wenige Meter zur Dingi - Anlegestelle und „Einzelgänger" der Dreimann-Crew können durch Zuruf den „Vela novia- Übersetzservice" auslösen. Nun können wir uns wieder am höchsten Mast orientieren. 53 Fuß zählt in Europa als große Yacht. Die Inspektion im Masttop bringt nichts Gutes. Ich hoffe, dass wir mit der Rolleinrichtung des Vorsegels noch bis Emden kommen. Runternehmen lässt sich die Genua nach wie vor nicht. Wir denken, es geht auch so.

Jetzt aber auf die Insel: Mit dem Rover Ticket for one day bin ich den ganzen Tag mit vier Buslinien unterwegs. Die Busfahrerfahrung von den Bermudas hilft mir, nun auch hier gut zurechtzukommen. Viele Museen erspare ich mir, insbesondere um das German Occupation Museum und das German Underground Hospital, Relikte aus der Zeit deutscher Besatzung von 40-45 mache ich einen großen Bogen. Postkarten mit Hakenkreuz beweisen, dass man hier mit deutscher Vergangenheit recht unbefangen umgeht. Wie würde die Deutsche Post Hakenkreuzkarten behandeln? Ich leiste mir eine Box frisch geernteter Strawberrys vom Straßenverkaufsstand und werfe 1.1/4 Pfund in die cashbox. Herbe, wild zerklüftete Küstenlandschaft erinnert an Irland, die Normandie oder Bretagne. Die üppige Vegetation ist, auch mit karibischen Maßstäben gemessen, bemerkenswert schön. Das milde Golfstrom-Klima bekommt nicht nur den Palmen. Fort Grey, Fort Houmet, Pleinmont Tower, Rousse Tower, die strategisch hervorragende Lage hatte zur Folge, dass Guernsey ständig von Invasionen heimgesucht wurde. Französische und englische Herrschaft wechselte häufig, auch das erinnert an die Karibik. Der Reichtum von St. Peter Port wurde durch die Kaperei, die Ende des 17. Jahrhunderts begann, gegründet. Unter diesem legalen Kaperwesen konnten Schiffe privater Unternehmer, die dazu von der Krone ermächtigt waren, feindliche Schiffe aufbringen und plündern. Sind es heute die Banken und Briefkastenfirmen, die unter entgegengesetzten Vorzeichen „der Krone" ein Schnippchen schlagen und für Reichtum der Beteiligten sorgen? Klaus L. lädt, aus privatem Anlass, zum Dinner ein und schon in der Vorspeise fehlt keine Köstlichkeit aus dem Meer. Das Pfund ist heute noch die offizielle Währungseinheit, aber Guernsey gibt auch eigene Noten heraus, so dass englische und heimische Pfundsorten im Umlauf sind. Letztere sollte man tunlichst hier (wo sonst) ausgeben.

## *Wo der Kanal schlank wird*

Wir gehen weiter. Am 28.Mai um 06.00 Uhr, Tidenhub und Strom beachtend, verlassen wir Guernsey. Raumschots pflügen wir, Kurs Nordsee, full speed, durch Grauwasser. Blauwasser war gestern. Sark lassen wir Steuerbord, Alderney Backbord. Sch..., die Genua ist am Achterliek mitten im Tuch eingerissen. Runterholen ist nicht. Also einrollen und hoch mit dem Blister. Hhmm, schönes Segeln. Hoffentlich hält alles. Nein, der Halsbeschlag des Blisters versagt. Der seidene Faden vor dem freien Flug? Ok, das können wir gerade noch mit stehendem Segel reparieren. Der Wind lässt nach, wir nehmen den Jokkel. Das Nadelöhr im Kanal rückt näher (17 sm breit), Fahrttrennungsgebiet vor Dover. Abgesehen von schnellfahrenden Fähren, die unseren Kurs kreuzen, sind wir in der Küstenverkehrszone gut aufgehoben. Die dicken Containerschiffe, die aus der Ferne betrachtet, alles andere als schiffmäßig aussehen, nähern sich zwar beängstigend schnell, haben hier aber, außerhalb des Fahrttrennungsgebietes, nichts zu suchen. Das beruhigt. Hallo, wir sind in der Nordzee. Fahrttrennungsgebiete werden selten. Außerhalb fährt alles, mehr oder weniger, seinen direkten Kurs zum Ziel. Schiffsverkehr kreuz und quer erfordert noch mehr Aufmerksamkeit als im Kanal. Gas- und Ölinseln leuchten nachts wie überdimensionierte Weihnachtsbäume.

## *Oostende ohne Ende*

Dunst behindert die Sicht, wir wollen nach Oost- ende und stolpern durch ein Schachfeld gelber Tonnen. In unserer Seekarte sind die nicht eingetragen, hier steht nur was von Sprengstoffschüttstelle. Die jetzt eigentlich fällige Kardinaltonne fehlt. 20 Minuten Unsicherheit! Doch die nächste Tonne ist, wo sie hingehört. Langsam erkennen wir im Dunst die Konturen des Festlands und der Hafeneinfahrt.
Ach du meine Güte, so stell ich mir die Plattenbauten von Karl-Marx-Stadt vor. Die Hafeneinfahrt zeigt grün. Vor uns fährt noch ein Seacat von Dover kommend. Der Hafen vor der Brücke ist proppenvoll. Ach so, ja, Wochenende. Wir gehen einfach noch als vierte neben eine HR 45 längs. Der Eigner (heißt auch Klaus) kommt aus Hamburg, arbeitet in Holland und hat gerade (mit seiner Frau) segelnd einen Geschäftstermin in London wahrgenommen. Auch nicht schlecht,

trotzdem beneidet er uns „Rentner". Der erste Landgang auf europäischem Festland: Die Hektik und Geschäftigkeit ist spürbar. Eine endlose Kette von Lokalen reiht sich aneinander. Die Läden sind hier auch sonntags geöffnet. Weiter drinnen, im Stadtkern, finde ich auch schöne Gebäude und Parks. Fred bringt jetzt mit Akribie und Können am Vorstagprofil alles auf Reihe. Als wir die 10 Monate alte Elvström-Genua runternehmen, extra teures (16 Tsd. DM) und starkes Tuch für Offshore Einsatz, zeigt sich, dass der Riss am Achterliek nur die Spitze des Eisbergs war. Das mit Gewebe verstärkte Tuch ist überall marode und zeigt kleine Einrisse. Ich bin gespannt, wie der Hersteller das beurteilt. Nun, wir haben ja noch die normale Fock und die wird jetzt gesetzt.

Lecker, belgische Matjes können sich an holländischen messen. Und abends beim Dinner erklärt die charmante französische Bedienung zum Thema Beilagen: In Frankreich, Italien, Spanien und Portugal gibt es immer und ungefragt Brot! In Belgien und Holland immer Friten.

Egal, meine gerösteten Scrimps in Knoblauch-Petersilienbutter mit Weißbrot sind erste Sahne.

Dienstag, erster Juni, 07.30 Uhr, weiter geht's. Am nächsten morgen um 06.00 Uhr gehen wir durch die schmale Hafeneinfahrt von Vlieland. Die Ansteuerung der Westfriesichen Insel vor dem Ijsselmeer hat ihre Tücken, doch Klaus L., der Eigner, kennt sich hier aus, ist hier fast zu Haus. Wer den starken Tidenstrom vor der schmalen Hafeneinfahrt ignoriert, eckt an. Westfriesische Inseln, Ostfriesiche Inseln, egal, die Natur ist austauschbar. Dünen, weißer Strand, Möwengeschrei und Heckenrosen. Die vielen Plattbodenschiffe, die gekonnt durch die Hafeneinfahrt manövriert werden und im Hafenbecken „auf dem Teller" drehen, findet man allerdings nur hier. Mein erster Gang an Land führt zum Fietsverhuur. Für fünf Gulden bin ich den ganzen Tag auf dem bequemen Hollandrad unterwegs, erschließe fast die ganze Insel und finde mich häufig in größeren Fahradkollonen wieder. Beim beherzten Sprung in die kühle Nordsee merke ich schnell, warum baden im Moment nicht in ist. Ganz weit im Westen der Insel werden gerade die Tischdecken im Kaffegarten der einzigen Gaststätte weit und breit abgeräumt, bevor dies der angesagte Sturm aus Ost erledigt. Im Nachhinein denke ich, es war kein Fehler, das angedachte Sahnestück durch Gegenanstrampeln zu ersetzen und nun in Oost Vlieland den typischen Holländischen Matjes mit Zwiebeln im Stehen zu genießen. Windstärke 7-8 verschafft uns noch einen weiteren Tag auf dieser schönen Insel. Beim Dunkelwerden laufen die ersten Jachten einer in Holland immer populärer werdenden Triatlon- Regatta ein. In diesem Fall heißt Triatlon: segeln, radfahren und laufen. Der Kellner in unserem Lokal, selbst Regattasegler, will sich später auch mal für dieses Rennen qualifizieren und war schon beim servieren ganz aufgeregt. Später sieht man ihn beim fachkundigen Publikums. Ja, die „Kapitäne an Land“ sind eh die besseren Segler. Aber in Holland hat Segeln einen höheren Stellenwert. Hier auf Vlieland läuft jeweils ein Crewmitglied, noch vom fahrenden Boot an Land springend, mit „Bug- und Hecklicht“ ausgestattet, über Stock und Stein. Kurz bevor der Läufer zurück erwartet wird, beginnen auf dem jeweiligen Boot schon die Vorbereitungen für den „Le-Man“-Start. Und so geht es die ganze Nacht durch. Bedeutende Industriefirmen treten als Sponsoren auf, mit der Folge, dass fürs Laufen und Radfahren Profis erster Güte verpflichtet werden. Für das Segeln natürlich auch. Das gilt für die ersten zehn. Für den Rest gilt: Dabeisein ist alles.

Freitag, der 5.Juni. Um 05.30 Uhr legen wir ab. Vor der Hafenausfahrt Segel setzen, vorerst sind wir noch an die gut ausgetonnte Fahrrinne gebunden und müssen gegenan. Der Wind hat abgenommen, ich schätze 6, aber die Welle steht noch. Wir frühstücken erst, nachdem wir auf raum abfallen können. Nun geht es gemütlicher und schneller voran. Irgendwann sind noch Untiefentonnen zu beachten, die ein gefährliches Wrack kennzeichnen. OK. Man weiß, wo man ist. GPS spielt jetzt keine Rolle mehr. Die Ansteuerung der Ems ist erreicht, wir laufen Borkum an und freuen uns über schnelles Segeln. Kugelbake Borkum, wir gehen in den ehemaligen Bundeswehr-Schutzhafen. Please take my line. Entschuldigung, hier spricht man deutsch. Die „Vela novia" hat hier schon oft gelegen. Schiff und Eigner sind fast zu Haus. Im Restaurant der Marina erfüllt auch deutsches Essen unsere Erwartung.

Die nette Bedienung spricht sächsisch. Ich ertappe mich dabei deutsche Gewohnheiten mit denen der letzten Wochen zu vergleichen. Wir sind noch nicht am Ziel, doch die näherrückende Trennung von Crew und Schiff rückt ins Bewußtsein. Die Bundesbahnauskunft bietet mir eine ideale Rückfahrt nach Gifhorn, für schlappe DM 25, - nur einmal umsteigen, an.

Abfahrt: Morgen, am 5.Juni um 14.07 Uhr.

Samstag, 5.Juni 99, 08.45 Uhr. Frühstück, S-SW 5, nachlassend. Noch mal schönes Segeln, die Ems hinunter, knapp 30 sm bis Emden. Ich lasse das Ruder nicht mehr los, Klaus L. lässt mich gewähren, gibt Hinweise in seinem Hausrevier. Norddeutscher Nieselregen, der Himmel weint. Um 12.15 Uhr binden wir in Emden fest. Die „Vela novia" liegt in ihrer Box. Der Törn ist vorbei. Sieben Wochen, sechs Inseln, 4160 sm im Kielwasser. Die Enkelkinder von Klaus L. sind niedlich. Fred bleibt noch eine Woche an Bord um die gesamte Technik zu checken. Klaus L. bringt mich zum Bahnhof Emden, seine Frau fährt den Wagen. Für den Herbst verabreden wir ein Törntreffen. Danke, es war schön mit Dir und hat Spaß gemacht. Das dritte mal Transatlantik.
Ich freue mich auf zu Haus.

| Start | Ziel : | Seemeilen | | Zeit : |
|---|---|---|---|---|
| 19. 04. 99 | 05. 06. 99 | Luftlinie: | Kielw. | 48 Tage |
| Puert.-Rico | Bermuda/St.George | 845 | 900 | 5 Tage 3 Std |
| Bermuda | Azoren/Faial=Horta | 1800 | 2100 | 13 Tage 9 Std |
| Azoren | Kanalinsel Guernsey | 525 | 600 | 7 Tage18 Std |
| Guernsey | Oostende | 260 | 280 | 1 Tag 11 Std |
| Oostende | Vlieland/Borkum/Emden | 260 | 280 | 1 Tag 16 Std |
| Segelzeit: | Puerto Rico – Emden | 3.690 | 4.160 | 29,27Tg, =142sm/Tg |

| | |
|---|---|
| Achterlich | Der Wind fällt von hinten ein. |
| Abfallen | Vom Wind wegdrehen. |
| Anluven | Zum Wind drehen. |
| Back stehen | Der Wind fällt von der falschen Seite ins Segel. |
| Backbord | Linke Seite des Schiffes in Fahrtrichtung (rot) |
| Baumniederholer | Trimmeinrichtung die die Verwindung des Segels durch Zug nach unten begrenzt. |
| Bilge | Der unterste Raum im Schiff in dem sich Wasser und Öl sammeln. |
| Bliester | Leichtes, bauchiges Vorsegel für raum- und Halbwindkurse. |
| Cockpit | Vertiefter, mit einem Waschbord abgeschirmter Sitzraum an Deck von dem aus Ruder und Segel bedient werden. |
| Crew | Besatzung des Schiffes |
| Etmal | Die vom Schiff von einem Mittag bis zum folgenden Mittag zurückgelegte Strecke. |
| Fall | Leine oder Draht zum auf- u. herunterholen der Segel. |
| Fender | Luftgefüllte Kunststoffschläuche oder elastische Polster die, längsseits über Bord gehängt, Beschädigungen des Rumpfes vermeiden. |
| Fock/ Genua | Vorsegel / große den Mast überlappende Fock. |
| Forty niner | Moderne Zweimann- Trapez- Gleitjolle |
| Greenwich | Standort 0-Meridian (Sternwarte Greenwich GB) |
| Groß/ - Segel | Hauptsegel am Großmast. |
| Jokkel | Spitzname für den Motor des Schiffes. |
| Kalmzonen | Windstille Zonen der planetarischen Zirkulation, subtropischer Hochdruckgürtel- Roßbreiten. |
| Kentern | Umkippen des Bootes infolge zu starker Neigung. |
| Knoten | Geschwindigkeit = Seemeilen / Stunde. |
| Kombüse | Schiffsküche. |
| Lee | In die Richtung weht der Wind. |
| Lieken | Verstärkte Kanten der Segel (Vor-, Unter-, Achter-Oberliek) |
| Lifebelt | Rettungsgurt mit Sicherungsleine und Karabienerhaken. Mit Schwimmweste kombinierbar. |
| Logbuch | Schiffstagebuch. |
| Luv | Aus der Richtung kommt der Wind. |

| | |
|---|---|
| Passatzone | Durch Luftdruckgefälle zwischen dem subtropischen Hochdruckgürtel und der äquatorialen Tiefdruckrinne erzeugte Windzone nördl. u. südl. des Äquators. |
| Plicht | SH. Cockpit |
| Pütz | Eimer mit Griff aus Tauwerk |
| Quer ab | Winkel von 90° bezogen auf die Schiffslängsachse. |
| Raumschots | Der Wind fällt achterlicher als querab ein. |
| Rigg | Takelage, Sammelbegriff für alle Masten, Bäume Segel, stehendes und laufendes Gut, kennzeichnet die Charakteristik der Segelyacht. |
| Rollsegel | Rollvorrichtungen mit denen die Segel, im Rigg stehend, gerollt bzw. verkleinert/vergrößert werden. |
| Schapps | Schrank, Schubfach, Ablage. |
| Schot | Leine zum Einstellen (holen und fieren) der Segel. |
| Schott | Wasserdichte Querabschottung im Schiff. |
| Seemeilen (sm) | = 1852 m |
| Sextant | Winkelmessgerät zur Ortsbetimmung auf See. |
| Singlehanded | Einhandsegler |
| Spi = Spinnaker | Leichtes, bauchig geschnittenes Vorsegel wird am Spinnakerbaum bei achterlichen Wind gefahren. |
| Spiebaum | Baum an dem der Spinnacker gefahren wird. |
| Stagen | Stehendes Gut (Drahtseile) zum Abstüzen der Masten nach vorn und hinten. |
| Steuerbord | Rechte Seite des Schiffes in Fahrtrichtung (grün) |
| Steven | Verlängerung des Kiels nach oben, vorn und achtern. |
| Tabarly | Erfolgreicher Hochsee-Regattasegler. Französ. Nationalheld. Durch Unvorsicht für immer über Bord gefallen. |
| Tide | Gezeit, durch Ebbe und Flut bestimmte Strömung u. Änderung des Wasserstandes |
| Vorpiek | Kabine im Vorschiff |
| Wahrschau | Warnruf = Vorsicht! |
| Wanten | Stehendes Gut (Drahtseile) zum seitlichen Abstützen der Masten. |
| Winsch | Winde zum holen und fieren der Schoten. |

Ich wurde schon so oft gefragt, wie es denn sei, einen Ozean mit einem Segelboot zu überqueren, und warum man von diesem Leben auf See so sehr angezogen wird.

Dies sind einige meiner Gedanken dazu:

Du bist im Zentrum eines Kreises von sieben Meilen Durchmesser und wirst nur von dem betroffen, was du sehen und fühlen kannst.

Es bringt einem ein besonderes Bewußtsein des Daseins.

Alle die Sinne, Sehen, Riechen, Berühren, Schmecken, und Hören werden akut ins Spiel gebracht.

Einsamkeit und Ruhe legen sich um die Seele.

Man ist warm und zufrieden und kann ohne Bekleidung in der Sonne sitzen.

Man reist von einem Punkt zum anderen, nur durch den Zauber des Windes in den Segeln.

Man spürt ständige Bewegung, manchmal aggressiv und ermüdend, manchmal sanft und ruhig.

Es ist der Duft des frischgebackenen Brotes aus der Kombüse.

Es ist der Zusammenhalt einer kleinen Gruppe von Leuten, die einander helfen um ein gemeinsames Ziel zu erreichen.

Es ist die erfrischende Freiheit der Meere.

Für diejenigen, die glücklich genug sind, mit sich selbst und der Natur im Einklang zu sein, ist Hochseesegeln der ultimative natürliche Kick!

*W.Clare Davis*